In Our
Strange Gardens

In Our Strange Gardens

MICHEL QUINT

translated from the French by
Barbara Bray

Riverhead Books, New York

Riverhead Books
Published by The Berkley Publishing Group
A division of Penguin Putnam Inc.
375 Hudson Street
New York, New York 10014

First published in France by Éditions Joëlle Losfeld as
Effroyables jardins, 2000

First Riverhead trade paperback edition: December 2001

Visit our website at www.penguinputnam.com

Library of Congress Cataloging-in-Publication Data

Quint, Michel, 1949–
[Effroyables jardins. English]
In our strange gardens / Michel Quint ; translated from the French by
Barbara Bray.
p. cm.
ISBN 1-57322-916-4
1. World War, 1939–1945—France—Fiction. I. Bray, Barbara. II. Title.

PQ2677.U525 E34 2001
843'.914—dc21
2001048311

Printed in the United States of America

10 9 8 7 6 5 4 3 2 1

Et que la grenade est touchante
Dans nos effroyables jardins

Calligrammes,
Guillaume Apollinaire

How touching this fruit
In our strange and terrible gardens

(*Translator:* The quotation is from a battlefield poem of the First World War. In French, *grenade* means both "pomegranate" and "grenade," the fruit and the missile being of roughly the same shape.)

To the memory of my grandfather Lepêtre,
veteran of Verdun and miner,
and of my father, Resistance fighter and teacher,
who opened me wide to the memory of horror yet
made sure I learned German,
because they knew how foolish it is to see history
in terms of black and white.
And to the memory of Bernhard Wicki.

❧ *Some people who were there say that during the last days of the trial of Maurice Papon, in Bordeaux, the police prevented a man dressed like Coco the clown, but badly made up and in a very tattered costume, from entering the court-room. Apparently he waited outside until the accused left, and then just looked at him from a dis-*

tance, not making any attempt to speak. There is no way of knowing whether the former general secretary of the Gironde prefecture noticed him. Later the man came back, without his disguise, to hear the rest of the evidence and the arguments for the prosecution and the defense. He held a battered old briefcase on his lap, which he patted from time to time. When the verdict was delivered, a court officer remembers hearing him say: "Without truth, how can there be hope?"

AND WITHOUT memory? Without memory of the laws passed by Vichy? That of July 17, 1940, for example, concerning eligibility for employment in the public services; or that of October 4, 1940, relating to Jewish foreign nationals; or that of the previous day, October 3, on the status of Jews in general;

or that of July 23 the same year, ruling that French citizens leaving France forfeited their French nationality. And all Pétain's decrees beginning, "We, in our capacity as Marshal of France . . ." And that other law which particularly troubles me, the law of June 6, 1942, prohibiting any Jew from being a professional actor . . .

Not that I am a Jew. Or an actor. Even so . . .

As far back as I can remember, when I was still small enough to be able to stand upright under a table, before I even knew clowns were supposed to make people laugh, they always made me sad. They made me feel tearful, sorrowful, and despairing, awoke in me the humiliations of the outcast.

The clowns I disliked most were not the white-faced kind so much as those that wear lurid makeup. I hated them worse than cod-liver oil, or kisses from old aunts with mustaches, or mental arithmetic, or any other childhood torture. To put it more precisely, the feeling aroused in me in my innocence by these grotesques in their shreds and patches, staring at me out of paint-ringed eyes, was akin to the virtuous terror of a naive youth encountering a prostitute, or the chill that runs down a maiden's spine when she comes upon an obscene garden gnome concealed in a flower bed. Being forced to watch clowns perform would put me in such a funk I'd go red in the face, stammer and stutter, nearly wet my pants. I went deaf, I went crazy, I was as good as dead.

The mere thought of a clown's face, or a red wig, or the prospect of an afternoon at the circus, was enough to make my schoolmates, my sister, Françoise, and any other normal kids start grinning and enjoying themselves. They reveled in anticipation of the ecstasy of laughter, the release of a real guffaw. But I got so twisted up inside I could neither take in the teacher's grammar lesson nor swallow my supper.

But all those books on popular psychology must be good for something—I figured out the cause of my neurosis a long time ago.

The fact is, my father, a schoolteacher, sought every opportunity to make a show of himself as an amateur clown. Big boots, red nose, a hodgepodge of an outfit made from old suits and discarded kitchen utensils. Let's not forget the scraps of old lace that had once belonged to my mother and now added a note of ambiguity to her husband's ensemble. Rigged out like this, with a chipped enamel colander for a helmet and a pink whalebone corset by way of armor, carrying a nuclear potato masher on his hip and a pair of supersonic nutcrackers in his hand, he made a wild-looking warrior, a tin samurai saving intergalactic humanity, and our own humanity, too, for that matter. And doing so by means of a pathetic act performed by a solitary simpleton obliged to box his own ears and kick his own ass. A second-rate Falstaff, a poor man's Tintin, whose almost inaudible patter no one could follow but who somehow managed to get a reaction out of his audience. Perhaps it was because he was so clumsy: he really did get his fingers caught in the revolving cheese grater he used as a machine gun; he sang horribly out of tune; and he was always dying of something, either hunger or love or . . . Yes, come to think of it, like Charlie Chaplin, he was mostly dying of love.

Which added to my discomfort. As for my mother, however much she tried to hide it, I could see she, too, was put out by having to watch my father, flower in hand, perform somersaults and cartwheels for the benefit of some girl picked out at random from among the spectators.

He used to make the rounds of all the year-end festivities, the Christmas teas and office parties. What he liked best were nonreligious charity functions, where the refreshments flowed freely. You know what these things are like—all very chummy, and after the clown has sweated his guts out under the hot lights, the least you can do is see that his glass is filled up at regular intervals. My father would come home from such performances full of maudlin gratitude, glad to be drunk in the line of duty. And I was ashamed of him, denied him, ignored him, and would have made a present of him to the first orphan I could find if I'd thought anyone would take him. I used to hate my mother for the loving way she put him to bed, whispering fondly to him as she mopped his brow.

He never asked a penny for a performance—for having messed up a Saturday or Sunday or some fine holiday from school we might all have spent together. People used to call him up at home to book his act. He'd just listen, ask when he was required and where, and then tell my mother what had been arranged. And she'd look on as he got his suitcase out of the cupboard in the cellar and checked his props. The gas for the car, the train fares, and any other incidental expenses were paid for out of his own pocket. But before he set out, there was a ritual to be observed. He would look at us hesitantly, as if he didn't really like leaving us behind and sacrificing his time with us just to please himself. He'd waver, almost decide not to go.

He'd make as if to put down his case: no, he wouldn't go—it was too unkind to neglect us like that. The object of this exercise was to make us join in the charade, go along with the pretense that we couldn't bear to be parted—and to get my mother to act as if she was proud to join him. My sister, Françoise, and I would be included in her surrender.

But it wasn't a surrender at all—she really was proud to be the wife of a clown, and she conducted herself with a sort of patriotic fervor. We were on our way not to a sacrifice but to a triumph. For me, though, it *was* a sacrifice. I loathed being forced to go, having to be devious, feeling I had to distance myself from my family by not uttering a word to them throughout the performance. In short, having to behave like a traitor. The whole business left me depressed, and the stale snacks and watery fruit juice that were occasionally offered us afterward—as if we were poor relations—did not afford much consolation.

We weren't poor.

My father was a schoolteacher. And more popular than any of his colleagues. But if his pupils at the local elementary school were especially keen on him, it was because he combined the respectable vocation of a pedagogue with the outlandish and lowly calling of a comic.

Of all sad clowns he was the saddest. At least that's how it seemed to me. And in my view he hurt himself deliberately, made himself miserable to punish himself for some unspeakable sin. Once, out of sheer mischief, I looked through a catechism he'd confiscated from one of the boys and left in a drawer in his desk. After that I began to suspect him of wanting to be a kind of Christ figure. Of cherishing the stupid idea, the obsession, that through pain and sacrifice he could redeem the dark side of humanity. Something like that. But in reality . . . Ridiculous though he appeared, wasting his time, destroying his dignity, and ruining his reputation as a respectable government employee just to entertain audiences who couldn't have cared less, lousy artist though he was, and well aware of the fact, yet, underneath his makeup, underneath everything, he was genuinely happy. Idiotically yet wonderfully happy, like a man fishing or hunting or playing pool.

IT WAS THE fifties or early sixties. We were driving along in a Dyna Panhard, a long toadlike, canary-yellow rattletrap with a round snout and zebra-striped leatherette seats. A typical clown's jalopy. My father was proud of it. He was the only person who was. Other people's fathers drove Citroën DSs, Peugeots, Fords, or even Simcas! I'd have been prepared to forgive him a good deal if he'd had a two-tone Étoile Six, one of those jowly, rickety old whales. But a Panhard! I sometimes thought he took us with him—Mother, Françoise, and me—because we were ugly and went well with the car; with our Flemish yellow hair, trumpetlike noses, and big round goggles, we seemed almost a part of it. I was afraid that one day he'd end up dragging us up onstage with him, or rather onto the crappy platforms from which he officiated when he was lucky. I was scared he might offer us up in the same way that the dreary father in Pirandello's *Six Char-*

acters in Search of an Author—though I hadn't heard of Pirandello at that point—exhibits his family's iniquities to a group of actors. What if he took it into his head to expose us to the unwholesome curiosity of a gang of utility workers, or civil servants' kids? I could just see him asking us questions about our troubles and misdeeds, and them getting a morbid pleasure out of our discomfort. I had to mix with them at school, so I already envied them for having normal fathers—I didn't need any more help from him! Even a negligent stepfather or the shiftless boyfriend of a flighty widowed mother was better than a clown—and a peculiar clown at that, with a mug like a moose and a brain that held the answers to all the math questions about filling and emptying baths!

Worst of all was something that happened when

I was a pupil in one of my father's classes. I was in the fifth grade, and one day he had the nerve to show up wearing his clown gear, corset and all, under his gray teacher's smock. He didn't go so far as to wear the makeup, the wig, and the big boots. If he had, I think I'd have thrown myself under a train, or in front of the Dyna as he drove it out of the garage.

Even so, at the time it seemed to me like the end of the world. I was the only one who gave a damn, though; the older boys in the class, who'd been taught by my father before, knew very well that he played the same prank every year when the Christmas party season was in full swing. Everyone just turned a blind eye.

The fact is, my father was a card. People called him a *sacré*, a kind of holy fool. How many times did I hear them say, "André's a *sacré!*"—until they noticed the agonies it caused me and kept quiet in front of the "holy one's" son. But a "holy" what? I doubt if those who used the word knew what it meant, any more than I did. Nobody really imagined Father had had the finger of God laid upon him. Still, other people's generous descriptions set him apart.

I know now that he really deserved the distinction—he deserved the *Légion d'honneur;* people who passed him in the street and encountered that gentle look should have taken their hats off to him. For he spent his life paying homage to humanity, and paying his debt as a human being, as well as he knew how. So for thirty years it was he who took his hat off and bowed and scraped to others. As I got older I grew dimly aware that he performed his act as a duty, a rite of atonement; if anyone had been stupid enough to compliment him on his skill as a clown, he'd have laughed at them. He knew very well he was a lousy clown, but he wasn't ashamed of it—he actually took pleasure in his own pathetic antics. My father was a man of gentle obstinacy, driven by an inner compulsion.

But I didn't know it for certain until later. When he decided it was time for me to know.

It wasn't Father himself who told me all and freed me from the curse of the clown. His cousin Gaston did the deed.

GASTON WAS A loser; my mother felt sorry for him. A sort of rawboned James Cagney, jaunty, fair-haired, married to Nicole, a plump woman who was always laughing. They were always broke, though they didn't make a fuss about it. But they did come to our house for a meal almost every Sunday, and by dessert, after justice had been done to the Bordeaux, they would fall silent, their hands clasped on the damask tablecloth. Nicole would heave a sigh that turned into a tearful giggle; Gaston would wipe his glasses. Then they would let themselves go and put their arms around each other, reaffirming their affection, reaffirming life itself, with showers of smacking kisses. Unrestrained, unembarrassed, like a pair of innocent savages.

They hadn't any children and never would have. People envied them their eternal honeymoon. For them it was a great grief.

When amorous feelings got the better of our guests, Mother would shake her head and Father would look away. As for my stupid sister, Françoise, she would try to look understanding and sympathetic, putting on a face long enough to be the standard measure for all the woes of the world. Old before her time, she was. She'd have recited some penitential novenas if she could. As it was, she wept elegantly and profusely.

I was bored stiff by their goings-on. I was doing well at school and had a promising future, and their postprandial maunderings left me cold. As I progressed through adolescence, my bumptious teenage eyes saw what I took to be their playacting as the sort of compensatory mechanism indulged in by mediocrities. It seemed to me they took a morbid pleasure in a secret sorrow that was merely squalid— overrated perhaps, possibly even phony, and hyped up to impress other people. Pathetic.

Even on the Sundays when, yearning for close-ness with children, Gaston offered to play table football with me—he'd so dearly have loved to have a son of his own—I'd reject his advances, firm and incorruptible as I was. As for Nicole's offers to teach me the local form of the waltz, with my hands on her hips and my nose in her tits—don't ask!

I'd gotten it all wrong about my father, and I was equally blind about this seemingly simple couple. Only now do I know how much Gaston and Nicole were to be admired. Only now do I guess how hard they had to struggle to survive. And I could kick myself for having looked down on them, for having cast sarcastic glances at Gaston's frayed cuffs and Nicole's swollen feet as she slipped them out of her old shoes under the table.

Looking back now, I'm pretty sure Nicole was

beautiful. I was no judge of such things then, though I suspect my father had noticed. And I don't think Mother was unaware of the tender attraction. Perhaps that was the speechless love he was always dying of as a clown. All the same, it couldn't last forever. And now . . . it's forgotten.

Gaston and Nicole are both dead now, of course. Their two humble lives ended one day, or one night, without a tear wasted to mourn them or a word spoken to show they'd be missed. My parents were already dead by then, so Gaston and Nicole just passed straight on into the heaven of family photos—few and unreliable as these are, and doomed to be thrown away when there's no one left who can identify the tall foolish-looking guy with glasses and slicked-back hair, or the chubby, artless young woman with her arm fondly around him, the pair of them posed self-consciously in front of a bed of roses. I can remember the snapshots in question, but haven't been able to find them tucked away anywhere. I'd have had to ask Françoise, who's a schoolteacher now in Normandy. She took all the family relics with her when she moved there, those of Gaston and Nicole together with those of my parents, departed, as I said, even before the other two. Yes, the pious Françoise, guardian of bits of string and faded flowers, eternally emotional about things she's never experienced, the Emma Bovary of German teachers—I'd have had to go and see her. No thanks. There'd have been no end to the whys and wherefores.

Anyhow, I can't compete with her when it comes to shedding noble tears. I can only howl and snuffle and give myself puffy eyes. Not for me the dignified sorrow that authenticates its cause by the beauty with which it is displayed. So no thanks. I prefer to keep Gaston and Nicole as they are, far away but ever more amazing, in my memory. And alive.

Because . . . Yes, as I was saying, it was Gaston who freed me from the curse of the clown. I was let in on the secrets of the grown-ups in the bar of a movie theater that was showing *The Bridge*. I think the place was called The Tram or The Metro—at any rate I'm sure it was named after some mode of transport. It was somewhere in a working-class district on the wrong side of Roubaix or Tourcoing in the industrial north of France, in the days when the signature tune of Twentieth Century-Fox and a chocolate ice cream could still cure a kid of a toothache. It was a Sunday afternoon.

We'd crammed ourselves into the Dyna, three on the front seat—Mother and Father, with Nicole in between—and Gaston with plenty of room for his backside on the rear seat between Françoise and me. Everyone was dressed up to the nines, perfumed and brilliantined. There was a solemn look on all the adults' faces, including Gaston's. I sensed something out of the ordinary in the air, though I'd no idea what it was, and of course the same applied to my sister.

I hoped the movie would solve the problem for me, but I was disappointed. During the opening credits—Cordula Trantow was the only woman in the cast, and all the other names were German, too—I noticed a small stir: some shiftings and nudgings on the part of Gaston, Nicole, and Father. But that was all.

Until "The End," when the lights came up. Everyone blinked, still caught up in the images and numb from sitting still. We felt sort of drunk as we tottered down the aisle behind the rest of the audience, who were whispering to one another as they made their way out, disguising their emotion and saying the film wasn't bad, they'd quite liked the story, about kids mixed up with a defeated army. A kindly sergeant gives the youngster the job of guarding a bridge of no strategic importance, and they are stupid and idealistic enough to kill themselves trying to act like grown-ups. Very painful to watch, but it had no obvious connection with us—we were on the winning side and among those who'd survived the Second World War. Just the same, I had a lump in my throat and Françoise's eyes bulged with sympathy.

When this descent from the cross was over and

we were out in the little lobby, the ladies of our party decided to buy themselves some chips from a stall on the other side of the street; the men naturally made for the bar. Gaston and my father exchanged glances, and as we neared the counter Gaston took me aside. Two round stools. One lemonade. One draft beer. A deep sigh from Gaston. All this indicated that he had something important to say to me, something prepared in advance. Our Gaston was acting under orders. Father was slumped over a half-pint of beer at the far end of the counter, where the usherette always went for a smoke once the feature had started. All the time Gaston was speaking, Father neither touched his drink nor glanced at the usherette. He was looking inside himself, and rapt by what he saw. Meanwhile the words poured out of Gaston, who spoke without bitterness or hatred, in a language so simple and bare you had to lower your eyes.

Gaston spoke in patois. It was a dialect I could understand perfectly well, but as he told me what lay behind my father's flaws and imperfections, over the flawed and battered Formica countertop, he surpassed himself. So I've pretty much forgotten his actual words, his bizarre turns of phrase. I've rewritten what he said. And apart from some special expressions, some passages I can still hear in my mind's ear, I've ended up forgetting the flesh and bones of the language he used. He wasn't putting on an act, his words weren't attempting merely to reflect inhuman moments and things; he was spreading out his life itself before me and humbly offering me all he had—strange and terrible gardens, ravaged, bloody, and cruel.

�֍ It was the end of '42, beginning of '43. Your father and I, through our small group of Resistance fighters, had been ordered to blow up all the generators in our district, starting with the one at Douai railway station. I never even understood why . . .

He started his little story very mildly, my Gas-

27

ton. Every so often, with a sort of naive nostalgia, his eyes would wander away from me to the old posters on the wall behind the bar—to the cowboys and their marvelous wildness, to the wickedly low-cut gowns of the ladies. Burt Lancaster, Virginia Mayo, Elizabeth Taylor, Montgomery Clift, and their pals, all of them heroes, stars to drool over. Which is what I did, together with the more-on-the-ball of my friends. But from that day on, in comparison with Gaston, my father, and Nicole, too, these stars were nothing to me. Just pale mirages.

Outside it was sunny. But Gaston was talking of a time when darkness was strongest. And now he was coming to the point:

The last traces of winter. As it is in these parts. Damp, cold, rainy, and not much light. And on top of that, the war, the bereavements, the restrictions, and the feeling that humiliation was here to stay. But don't get me wrong—although people were pretty fed up, they did their best not to knuckle under. That included us. I mean, we joined the Resistance. I don't know about anybody else, but your father and I did it for a lark, just for something to do, that's how it was at first at any rate . . . The same way we might have gone to a dance. But what with the atmosphere, the "Horst Wessel Song," the military bands, we didn't feel much like dancing. So we sabotaged the generator at Douai station, your father and I, to make some music of our own. A few touches on the right keys and bingo, a little night music. One evening just after dark. Without worrying much about it, without taking precautions. Just wearing the leather jackets electricians wear and carrying toolbags full of explosives. That seemed to us the best camouflage. We didn't really think.

Wham! We were melting back into the landscape through the back roads when we heard the explosion behind us. We said the usual things: just like fireworks, and so on. Right, we said, we did it! And we went home and had a good night's sleep. Didn't even catch a cold!

For a while we thought we'd gotten away with it, as often happens, just because we hadn't taken any precautions. Like with the lottery: you only hit the jackpot when you don't care if you win or lose. See what I mean?

Anyhow, we hit the jackpot twice over that time! Once on the evening when we didn't get caught, and then later on . . .

We were picked up the next morning down in the cellar. The cellar belonging to your grandparents, your mother's father and mother. Among all the jars of jam and gherkins. A real treasure trove. You can laugh, but the Jerries knew what they were doing: a man caught in a secret lair with his arms full of luxury goods—well, he was bound to be dangerous. It was one of the ironies of fate, because even though, as I was telling you, we had blown up the generator, in order to look innocent we weren't making any attempt to hide. I was helping your father put up some shelves to hold his future mother-in-law's pickled vegetables. Then there they were—four Krauts jostling each other down the narrow staircase and laying into us. Before we had time to realize what was happening, they'd shoved us against the wall and cocked their guns, and André and I were bidding each other good-bye. Right away. No bravado. Forget heroics, forget using your last gasp to warble "The Marseillaise" into the enemy's teeth—forget all that, my boy, it's a fairy tale. In real life you don't know where to look, what to grab to take with you into eternity, what to do with your hands, your eyes, your mouth. A woman's face is best. But we didn't have that. All we had was the gherkins. So, as they were taking aim at us and we could hear your grandmother screeching away upstairs, and our own hearts pounding down in the cellar, André and I just held hands. Like a couple of kids coming out of school, hanging on to each other so as not to have to walk home alone. With our eyes fixed on the jars of giant gherkins. Not the sort you pickle in vinegar—the sweet kind, done the Polish way, in brine. You can imagine the scene. We were just waiting for the shots, and for grim death. And then everything stopped.

There's a clatter of boots on the stairs, a breathless NCO hurtles down hollering *Achtung, Los,* and *Weg,* and then a miracle happens and we're not shot at all! Just a few good tickles with rifle butts and the odd kick to help us up the stairs. And it was only then that we were scared, at the thought that we might easily have been feeling nothing. It was being thumped that made us realize we were still alive!

Later on, after they'd marched us through the village, with our split lips and painful smiles, to show us off to the people skulking behind their shutters, and after a ride in a covered truck, lying facedown on the floor while our escorts wiped their boots on our ribs, we were taken before the *Ober*-whatsit at the *Ortskommandantur,* the local Germany army HQ. You know where that was? It was in the street where you were born, the rue Jean-Jaurès, and if you stand at the right distance—not too near and not too far—from the garden wall belonging to the big house there, you can still make out the word *Ortskommandantur* written up in white letters. The brick absorbed the paint, so it's still there. Just as well. It acts as a reminder.

Yes, so they took us there. A few interviews, a slap or two, plenty of disparaging remarks, and finally they told us what the what-do-you-call-it was, the charge. That's it, the charge. It came under the law of August 14, 1941. Which Pétain put through on the twenty-second, after Fabien killed a German naval cadet at the métro Barbès, but which was backdated to give the Maréchal legal cover for executing some hostages and placating the fellows in gray-green uniforms.

So what do you know? By virtue of the law of August 14 there we were, just like the guys in Paris on account of Fabien, being treated as hostages because the generator had gone up in smoke! I swear! If in three days' time the people who'd done it hadn't turned themselves in, we were going to take the fall. And this time for real!

You see the irony of it, don't you, and the fix we were in? We couldn't pin our hopes on someone confessing because we were the ones who did it, your father and I, and the dopey Huns had picked on us just by chance. Anyhow, whatever happened we were in for it. We'd either be shot as hostages, or as terrorists or anarchists or communists! Under the law of August 14.

Or perhaps they'd chosen us because we'd been stupid enough to boast about being in the Resistance, even if only in private, to impress a few of the guys. So the Jerries wanted to take care of us. But maybe they wanted us to confess to something else

first, give them the names of some of our buddies—
something like that. Or it could be a not-too-
obvious trick, to give themselves the chance to torture us and show the people who was in charge. But
no, none of that made sense. No matter how much
we stared at each other and turned it over in our
heads, we couldn't believe the Jerries would be that
subtle. What we were really worried about was torture, being immersed in a bath or flogged. We
weren't sure we'd be able to hold out. But either
they didn't want to waste water or they didn't take
us seriously, because they stopped talking to us. We
must have been left just standing there for a couple
of hours or so in the conservatory, which was now
the Oberboche's office. Moving strictly *verboten*.

We practically took root.

Of course we know now we'd been picked out by

the local French police. They were the ones who'd given the Krauts the list of prisoners. But you'll never guess why they had it in for us . . .

Anyhow, at dusk we were back in the truck again. A long ten minutes bumping over roads even more battered than we were, and then they threw us down a clay pit, deep and round and with smooth, slippery sides. There on the edge of the Pas-de-Calais, at a place where clay used to be mined to supply a couple of factories—one that made bricks and another that made tiles. They were both disused, though, now. Your father said people used to put other people down ravines in the days of the Greeks and Romans.

It made a very easy and convenient prison. They didn't even need to guard us. But it was cruel, too: sometimes the rain would just drizzle down in gusts, then it would pelt down good and hard, and there we were floundering about in a couple of inches of water. No getting away from it.

I could see the wet was going to seep inside our shoes and give us blisters and chilblains. If you tried to clamber up the side of the pit to where it was dry, you just slipped and fell back and got your ass plastered with clay in addition to freezing it stiff again. Not that it really mattered. To get us there, the Jerries had reversed the truck up to the edge of the pit, then prodded us in the back with the barrel of a gun, and we had fallen straight down into the mire. So we'd been covered in mud from the outset. No point in being fussy!

It was then, I remembered, that your father said something about grenades—or pomegranates; it's the same word—and terrible gardens. I didn't understand what he meant, and he didn't explain.

Later on, when we were alone and our shoes were really sopping, we scraped up some clay and stamped it into a little ledge that we could perch on out of the wet. Anything more—trying to escape, cutting steps up the wall of the pit—was out of the question. The stuff just crumbled, slid away, sucked at the soles of your shoes; you could shape it well enough, but then it offered no foothold; you couldn't count on it. And even if we'd managed to get to the top, we didn't think the Jerries would just let us take off! They had guns up there, and it would have been child's play to pick us off as we made a run for it.

So we just waited there in the drizzle with only our jackets to protect us. Shoulders hunched. Without speaking. The rain did clean us up, though. Once the blood was washed away, only the bruises were left.

There were four of us, actually, standing around in about thirty square meters. Your father had roughly paced out the diameter and then worked out the area, πr^2 and all the rest of it. And it came out at thirty square meters. Fat lot of good that did us. We could have had an empire to share between us, but if we were only going to die and be buried there, we didn't give a monkey's ass about the area. What we thought was: some luck, eh? Being able to tour your own grave! Hell, not even any point in wasting bullets on us, except just to wing us a bit so we wouldn't have the strength to attempt a getaway. And after that they could just kick the clay down on top of us; a few of them would be able to bury us in no time at all.

The other two, Henri Jedreczak and Émile Bailleul, were real hostages. I mean, innocent ones. Whereas we, your father and I, were guilty. Henri and Émile had been picked up as they left the mine after the morning shift. But it was no accident. While we were talking to one another at the bottom of our pit we began to understand how the Boches had made their choice, and how Émile and Henri came to make the third and fourth of our party. The Germans had aimed at a particular group: all the prisoners were members of our local soccer team! All four of us played for it, so of course we knew one another. Your father tended goal and I played left wing; the others maybe fullback and right half, I don't remember. But I do know very well your father and I had planned our sabotage in the shower after a match, and Henri and Émile weren't in on our crazy schemes. The only thing was, that anyone on the team could have informed on us, and we couldn't think of anybody rotten enough to do that. It was only after the war that we found out what really happened. The local gendarmes supported the Hénin-Liétard team, and in 1939 we—we played for Hénin—had beaten them 3–0 in the first round of the French Cup! So they had avenged their honor as best they could . . . by fingering us as hostages. Four Sunday sportsmen, picked out by their own police force and presumed innocent, but shot because of the cowardice of the real saboteurs—our German cousins found that very cruel, and therefore very delightful. Naturally, our gratuitous deaths, presented like that, would deliver a healthy shock and put the fear of God in everybody!

Henri and Émile couldn't make heads or tails of this tangled web of terror. They made us dizzy with their questions and suggestions. If you took out the generator, say so. You're in for it anyway—your deaths might as well save us. And if you didn't do it, but you sacrifice yourselves, you'll be saving your pals in the Resistance. On and on they yammered, round and round in circles. Your father, your father and I, we told them all they had to do was denounce us when the Jerries came back. Why not? We would give them such murderous looks the Germans would believe what they said and they'd be let off. Why didn't they do that if they thought it would save them? Your father said it was all the same to him: he was sure we were all going to die whatever happened, and we might as well accept the fact as soon as possible.

This made Henri and Émile ashamed of themselves. They said they hadn't really meant it, they'd only been thinking of their wives. And then they went on: it was true they were married and we weren't, but they were on our side even if we were guilty. And then they put another penny in the slot, and off they went again. More arguments, more bright ideas, enough to drive you mad. If it really *was* you . . . We, your father, your father and I, we were ready to eat our soccer cleats. But we should have done that as soon as war was declared, instead of playing ball with respectable citizens like Henri and Émile. Sport's too dangerous in times like these. If you're looking for proof . . .

Gaston laughed.

What was I saying? Oh yes.

So there were four of us. It was around three o'clock in the afternoon and we were shivering and shaking from the cold and damp, without even the memory of a meal. And we had seventy-two hours to live. We didn't have much to say, because if your father and I had actually confessed to Henri and

Émile about the generator, they would have blamed us for the trouble they were in, and would certainly have had a shot at denouncing us anyway. But who to, you may ask. Judging by the silence, the birds and the small creatures moving furtively around our pit, we were quite alone in the landscape. Maybe they'd forgotten us? Maybe we could try to escape? The idea that it might be possible did cross our minds.

It didn't last long.

Because while it was still light, a clod of earth fell down the western side of the pit. We looked up, and there he was. Back turned to the drizzle, legs stuffed down his stout boots, gun slung over his shoulder, greatcoat buttoned up tight, sitting on some sacks on the edge of our hole. Cap jammed down over his eyebrows, and a wide, silly, indescribable smile. Our guard! They'd sent us one at last. A half-wit of the peatbogs, a simpleton! They must have chosen him because he was incapable of doing anything else! But even if our guard was only an idiot, that killed any dream of escape.

He sat with his hands on his knees, looking down at us as we crouched below. And all of a sudden, believe it or not, he made a face at us! A huge grimace, the sort of face a kid makes, with his eyes rolled up and his lips pushed out. We were flabbergasted. If he'd insulted us, pelted us with stones or peed on us, that would have been in the spirit of things, we'd have made no objection. But to make fun of prisoners, act like a child to men who were going to die, that was disgusting and not to be borne! We tried to throw lumps of clay up at him, but it was no good; they fell right back in our faces. And to top it off, the barbarian took out a snack! It was only a hunk of bread. But didn't he drool over it! And in such a peculiar fashion, flailing about and making enormous efforts, as if his pocket was half a mile deep and there were animals of some kind inside it snapping at his fingers. He kept letting out little squeaks of fright. That really was the limit! Playing with food in front of people who were starving, taunting them—we could have killed him! We couldn't help our mouths watering; we stood there slobbering, telling ourselves the bastard was making fun of us even though we were done for. But at the same time . . . Think what you like, think we were crazy or feckless, but at the same time we couldn't help it, neither the others nor I myself. I think your father was the first to laugh at our guard and his antics, and after that we all let ourselves go. We burst out laughing.

The more we split our sides, down in the pit, the

more trouble he had getting his bread out of his pocket. And hardly had he pulled it free, hardly had he reached out his teeth to snap at it, than it disappeared again among the folds of his greatcoat. Then he moaned and groaned, fretted and fumed, pretended to resign himself and forget about eating altogether, and then all at once he changed his mind and attacked his pocket again! I've never laughed so much, and I know it was the same for your father. The hunting of the snack. We laughed till we wept. We'd never had such an enjoyable cry.

We forgot we were going to buy it. Yes, forgot all about it—we were such kids, and he was such a clown . . .

And then all at once we saw our friend Fritz there on the edge of the pit jump up, plunge his hands in his pockets, and get out some slices of bread and butter wrapped in newspaper! Six of them he was going to gobble up, the pig. Then he started to juggle with them! And he was very good at it—the slices of bread didn't even fall out of their wrappings. We gaped up at him, our mouths watering. Then he missed one slice, almost let it fall, then just managed to catch it in time. Meanwhile, as you can imagine, we'd stretched out our hands frantically, certain it was going to land down there with us. But no— when it already seemed too late the bastard retrieved it safe and sound. We howled shamelessly, instinctively, like dogs kept waiting for a bone. And that put the Hun off—his juggling act began to break up. He'd thought he was being clever, taunting us like that, but all the slices of bread ended up falling into the pit—God was raining bread and butter down on us! We didn't miss one of them, I can tell you. Wonderful slices of bread and butter with pâté on them, and gherkins, perhaps the very same gherkins as those in the cellar! We thought they might be, we really did—thought the Jerries might have helped themselves to the preserves and stuff after they took us away. Anyhow, the food was so good we licked the newspaper it was wrapped up in. We had printer's ink all over our faces until the rain, the real rain from heaven, washed us clean again, as it had before with the blood. God, we were so pleased we hugged one another, we read aloud from a page that was still legible. There was a comic strip on it, a story about some yokel who goes home drunk after a soccer match and tells his wife he's been to see a friend, which proves that they were at the match together! We split our sides. Never again would *we* be drunk enough to burst our buttons laughing, but we *were* having our last laugh, and it was on our Jerry—we'd gotten the better of him, we'd eaten the food that was supposed to last him three days. That'd teach him a lesson and no mistake. He'd think twice before he was gratuitously cruel again, or treated other people with disrespect!

He'd sat down in the meantime, and as night had fallen suddenly while we were stuffing ourselves, all we could see of him now was his shape, darker than the sky against which it was outlined. We couldn't even make out his eyes under the peak of his cap. Our laughter started to die down; he must have been playing around with the deliberate intention of inflicting a sort of drawn-out torture on us. Those slices of bread and butter were ours, they were our due, perhaps our last meal. To juggle with them, to risk them falling into the mud, to take the piss out of us, that was an insult! Still, we weren't going to keep on bitching, there in the dark, or give ourselves indigestion arguing about it.

In the morning we saw his eyes. The sun rose right in them. He hadn't moved all night. And they weren't the eyes of an idiot or a torturer. As for us, our teeth were chattering from having spent the night sleeping with one eye open, huddled up against one another, half standing, half crouching against the walls of the pit. We were covered in mud. Émile was weeping quietly, and Henri was staring into space and talking to himself in Polish. But your father was cheerful enough. He looked up, and I'll always remember the sound of his voice, as if we were on the first morning of a seaside holiday.

"Could we have breakfast now, do you think?" he asked the sentry.

And the other answered without batting an eye: "Sorry, old man, I'm afraid the only thing on the menu at the Hotel of the Four Winds is thin air."

No accent. Not a trace. You'd have sworn he was a Frenchman. And he called your father "old man" as if they'd been friends for years. It didn't seem right! We blinked; maybe the Jerries had gotten a member of the militia to keep watch over us. But no—he was wearing a gray-green uniform. The Wehrmacht.

"My name's Bernhard," he said. "People call me Bernd. Seriously though, I'm going to try to get you guys . . . how do you say it? Going to try to rout you out some grub. The bread last night was my own rations, from stores. But I can't keep on pinching stuff from the same place or they'll end up chucking *me* down the hole."

And all the while he was making that fucking

face, with his eyes crossed, his mouth screwed up, and the voice of a timid urchin. Too much!

But later on your father and I grew suspicious. It was early in the afternoon. It suddenly struck us that this guy, Bernd, French-speaking, pleasant, sympathetic, bright, and so on, was trying to get us to talk, to be stupid enough to tell about the network, the arms dumps and future acts of sabotage. And who knew what else? It was a bit late now to wake up to this possibility, but fortunately no harm had been done. We hadn't said anything.

We hadn't even thanked him for the bread when he disappeared for a bit, then came back and sent down some baked potatoes. What a treat! Of course he couldn't help juggling with them before he let us have them. He was incorrigible. Obviously somebody who spent all his time playing the fool. We laughed, but we didn't say anything.

While we were devouring the potatoes he held his gun as if it were a trumpet. Or rather a saxophone. And he blew a tune down through the barrel. You'd have thought he never used his gun as anything but a musical instrument . . . It didn't last more than a few seconds. I don't even know if the others had time to notice, but I did. His thumb was on the trigger, he could almost have shot himself! Then he saw I'd seen him and he made his silly face, and that was it. All that was left was a trace of mistiness in his eyes.

Anyhow we devoured our potatoes.

Then, just as we were licking our fingers, a small patrol came on the scene and took up position on the edge of the pit, guns at the ready. They had a sergeant or some such with them, maybe even a colonel, in riding breeches, hands on his hips, and obviously not at all pleased to be wasting his time here. We thought, right, this time this is it—they've moved the execution forward, so good-bye daylight, good-bye folks, I haven't done much with my life, not even a love affair, would it hurt, would I wet my pants, where would they bury us, what would my parents say, and what would the woman who might have loved me been like, what would her name have been? That all flashes before your eyes, and you start to tremble, and you're not very proud of yourself, I can tell you. You believe you're going to die when you're only twenty, and it's not right . . .

Émile had gone down on his knees and was crying his eyes out, emitting little whimpers that made his shoulders shake up and down. I remember

thinking he looked like someone dancing the tango.
Maybe a woman—his hair was plastered in ringlets
over his forehead. Or perhaps that was because of
the rain. Anyhow, I remember that plain as day.
And Henri saying his prayers in Polish, standing up
straight with his eyes lowered and his hands clasped
and his dungaree jacket and trousers hanging off
him, sopping wet. And blathering away in Polack.
You couldn't hear him very well, though, because
by this time the guy up above had started to shout
in German. We couldn't even tell who he was
shouting at. I put my hand on your father's shoulder, or else it was the other way around, anyhow we
held each other and kissed good-bye—so long,
André, *au revoir*, Gaston, and that was all, seeing I
didn't believe in God and neither did he. And then
we went over and tried to haul Émile to his feet and

hold him upright between us, with Henri alongside, so as not to go out looking chicken, but lined up properly instead, like at the end of a match when we bowed to the crowd.

Bernd was standing a few paces away. The strap of his bandolier hung loosely over his shoulder and he was looking straight down at us, eyes wide, as if he was trying to remember everything, etch the scene on his mind's eye.

It seemed as if the silence was growing denser, deeper, no more birds, no more wind, no more of the earth's dark murmur—it was as if time had gotten stuck and all that was left was the firing squad. But no. Life and all the rest came back again. A wave of the hand from the officer, and the men in the squad reluctantly stayed their hands. Another false alarm! The guy in cap and breeches yelled something and signed to Bernd to translate. If, by this evening, none of the guilty parties had gone to the *Kommandantur* and given himself up, one of us would be executed. It was up to us to choose who.

Then, without further ado, they about-faced and walked off. For a while we could hear them talking, laughing, and whistling as they moved away into the sodden countryside. As far as the truck. It was parked so far away you almost had to imagine you could hear the engine. But at that point Bernd did something with the breech of his gun. I'm not sure whether he was loading or unloading it. I don't know. But he was very pale.

Late afternoon.

Some respite! All we had was a couple of hours to worry ourselves sick. And to argue about who was going to get it.

We decided to draw lots. Needless to say, Émile and Henri were left out of it. Your father found a couple of anemic-looking roots and held them out to me. Funnily enough, Émile objected. A moment before he'd been ready to crawl to Berlin on his hands and knees to save his skin, and now he took it as an insult that he was excluded from this lousy lottery. A sensitive soul, Émile, very impulsive. As long as he wasn't really up against it and it was only a question of jabbering about danger, he was brave as a lion. But he was the sort of guy who passes out at the sight of a dentist's chair! So you can imagine what he was like when he was staring up the barrel of a gun.

Henri just looked on at the squabble and finally said, "Leave it, Émile. You know very well it was them."

"What do you mean, it was them?"

He couldn't figure it out. Henri crossed the *t*s and dotted the *i*s for him.

"The men who did the generator," he said. "The guilty parties. Otherwise why would they do us a favor?"

"I told you—because you're married," your father said.

"If you ask me," someone said, "you shouldn't go along with Herr Oberst's scheme, whether you were involved in the sabotage or not. The best thing would be to force him to shoot all of you or none. If you give him a sacrificial victim you collaborate with him, you vindicate him—and the inhuman choice he's trying to force on you turns into something quite reasonable. Generous, even."

These excellent and carefully chosen words, which shine like stars in my memory, came from

Bernd, now sitting at the edge of the pit once more. He spoke again: "It's inhuman to choose a sacrificial victim."

"It's easy for you to say," said Henri. "But it makes more sense to sacrifice one and save three than for all of us to bite the dust for the sake of some lofty principle!"

Bernd again: "If you let someone else have the power of life and death over you, or think yourself so high-and-mighty you can say one person's life is worth more than another's—if you do that, you abandon all dignity and collaborate with evil. For-give me—in this uniform, I'm on the side of evil."

And he moved a little way off, so that we couldn't see him from the bottom of the pit. Your father threw away his bits of root and we waited in silence. Until a bottle came sliding down one side of the pit and landed in the mud. Gin or schnapps, some kind of colorless liquor anyway—almost half a bottleful. By the time we'd looked up, Bernd had vanished again. Your father called out "Thanks!" and I think it was Henri who took the first swig.

As dusk was falling the others came back. That was how we knew roughly what the time was. We were going to die at the end of the day. The bottle had been emptied long ago.

Riding Breeches arrived first. He stood arrogantly on the edge of the pit, legs apart, hands behind his back. Then came his little troop. Four of them, each carrying a sapper's spade. They looked at their chief and at a sign from him started to dig. Lumps of mud and clay began raining down—the swine were burying us alive! I believe Bernd asked them what they were doing, maybe tried to stop them, but before he'd had time to translate, Émile got the wind up again. He nearly went out of his mind, opening his mouth in a long screech and making wild attempts to scrabble up the sides of the pit. We thought he'd never stop. It took a shot from a revolver to shut him up. Pronto! For a moment we thought we were dead. But no. The officer had fired into the air, the sound was echoing still, and we heard Bernd saying, "You're saved, boys, saved! Don't be afraid! They only shoveled some earth down because they haven't got any ropes and the ladder from the truck isn't long enough!"

And the others all laughed a bit and shook their heads. As if, when you were condemned to death and already had both feet in the grave, you could be expected to understand when someone slung earth down on you it was to help you get out!

So we stood back to let them shovel down enough dirt to make a mound, and then they lowered the ladder, and we climbed up, one rung at a time. The ladder kept wobbling as the ends sank into the mud, and all the time we were within an ace of falling back to the bottom again. In fact, when Bernd tried to give Émile a hand—Émile was the first up the ladder—he slipped, and the whole caboodle came crashing down, ladder, Bernd, Émile, and all! That created a stir up above, revolvers drawn and so on, but we just picked Bernd up, all covered with muck, and gave him back his gun. Then, at the thought of him and us, all prisoners down there together and all covered in mud, we burst out laughing. Of course the others, up above, didn't understand. Riding Breeches shouted down at us and we had to calm down, put the ladder up again, and get cracking. We held the ladder while Bernd climbed up, then it was our turn. The higher we got the more the thing shivered and shook, but we made it, we were determined to make it even if we had to hang on by our teeth, and Bernd leaned down and lent us a hand because the ladder was still too short. And then at last we were back on earth again. All shaken up and bewildered, patting one another on the back like children reassuring themselves that they're not alone.

The truck was parked nearby, and we set off for it. Bernd went first, lugging four spades; that left four soldiers free to keep us covered. Riding Breeches brought up the rear.

In the truck, since he was as mucky as we were, Bernd sat on the floor with us, between the legs of his pals, who were perched on the seats along the sides. Your father asked him his name again and what he did as a civilian. Bernd smiled.

"My name's Bernhard Wicki and I'm a clown."

"A clown!"

Bernd made a little face, as if in apology.

"The sort with a red wig and a big nose," he said.

"I'm a schoolteacher," said your father. "We both make children laugh . . . So why are they letting us off?"

"Someone confessed to blowing up the generator," said Bernd. "He's already been shot."

We couldn't go on with the conversation. Riding Breeches shouted to us through the window from the driver's compartment: Be quiet or else! Bernd translated, shouting, too, to show spirit. Then we just sat there until we got to a small railway station where some cattle trucks were waiting.

So we weren't killed that time, but we were deported. To a marshaling camp near Cologne. All four of us escaped from there, together with ten or so others, by marching out in formation straight past the sentries—the idiots thought we were on our way to some fatigue duty! Freedom at last! But you don't know the best of it . . . Oh yes, of course you do. Your father's told you all about it. How we made our way back through Belgium and spent three nights in a convent, where the nuns weren't even scared of being raped! And then . . . And then we joined the Resistance full-time, and didn't know what day it was, or who we were, only that we wanted to go on being men.

Émile died in 1949, stupidly: he threw himself under a train, down the mine, because his wife wouldn't have any more to do with him. Or so they said. Henri had gone back to Poland long before. Maybe he's still alive and telling the same story to his kids.

The morning we were reprieved and deported, something happened. Something to make you not want to die. The man who confessed to having blown up the generator at Douai station had never really been one of us. Nor had he been with anyone else in the Resistance. It was his wife who gave him up to the Huns. She wasn't in the Resistance either, and he hadn't been unfaithful to her, and in the ordinary way of things she had no reason to save our skins. The business with the generator had created a stir, the Boches had talked about treason, and people were frightened, but not her. On the contrary, when she heard the Germans had taken hostages and were going to shoot them, she made up her mind to do something, not just let the murderers get away with it. It so happened that her husband—they hadn't been married a month—was dying. It was only a question of hours. He hadn't even the strength to give her a kiss. So it struck her that his dead body might serve some useful purpose, and she went to the *Kommandantur* and denounced him as a saboteur!

Naturally the Jerries laughed at first; they saw pretty women cuckolding their husbands every day of the week, but one trying to get rid of her man by having him executed for terrorism, that was something else again! Of course they went straight to the man himself to ask him to confirm his wife's story. But they found him so far gone he was unlikely to last till the evening. They were really puzzled; the woman wouldn't have to wait twenty-four hours and she'd be free! And yet the man, lying there on his deathbed, looked his wife straight in the eye and said yes, he and he alone had blown up the generator. He was paying for what he'd done and had no regrets. The Jerries hit the roof; they dragged him out of the house, tied him to a post, and shot him, sending his bandages flying with their bullets and leaving his body one big wound.

That was why the Boches had let us go. They believed the woman, and the husband, too. And do you know why? Because he worked for the electric company and he'd been burned when the generator exploded! Burned to the bone. The thing was, we had killed him and he saved our lives! We'd blown up the generator at the station without knowing he was inside. He'd seen us go in disguised as electricians; he was a conscientious sort, a bit uptight, and the idea of sabotage hadn't entered his head—he thought we were just there to steal the copper from the generator! It was two against one, and he didn't have the nerve to interfere; he intended to wait till we left, go and check up after us, and then if necessary report the incident to the company. Then—*boom!* Some railway workers found him right away, covered in third-degree burns. They knew him and thought he'd been hurt blowing up the generator, and they took him back to his wife in secret so he wouldn't be captured by the Boches. After the war some people wanted to name a street after him, as a Resistance fighter and a martyr. But his wife refused. Categorically and without giving a reason.

Apart, of course, from the business of naming the street, we found out about all this when we escaped. But naturally we had to hide, your father and I, seeing as we were dodging the deportation authorities. So we became miners, blackfaces, unrecognizable, and spent all our time either down the pit or in the mining villages among the Resistance. And then there were the bombings and the acts of sabotage. So we never had time to go and say thank you to the widow until the war was over.

It was a Sunday. A fine day. Your father had taken up teaching again and I'd gone back to being an electrician. We were alive. We were all dressed up, wearing ties and with our shoes well polished—they had bits of cardboard inside because of the holes in the soles, but that didn't show—and we were both carrying a bunch of flowers. Roses from your grandparents' garden. We propped our bikes against the wall of the house and knocked at the door. A small house, at one end of the rue de Bélin in Douai.

She opened the door and we stood there like a couple of dopes, taking deep breaths and gritting our teeth because if we'd tried to say anything we'd have started to cry, and she, she wiped her eyes with the corner of her apron and threw her arms around us. You can't imagine . . . We stayed with her all afternoon, we chopped some wood for her, and drank some of her homemade beer. And we talked and talked. By the evening we were both head over heels in love . . .

Her name was Nicole. It still is. But now she's married to me.

So there it was.

Gaston finished off his beer, tepid and flat by now, and everything had been said. He was smiling his Stan Laurel smile, pleased that he had led me up the garden path and held back the crowning touch—the part Nicole played in the story. And he was relishing the peace of the late Sunday afternoon. Nicole was back by now, at the end of the counter, her bag of chips finished long ago. She looked at my father and Gaston, and they looked at her, and there was no need for words. On my mother's face was the expression she wore when her feet hurt. My sister looked too good for this world, as usual. I was reading the name at the top of the poster advertising *The Bridge,* the film we'd just seen: "Directed by Bernhard Wicki." The man who stood guard over the hostages. The clown-cum-soldier.

So MY FATHER, with his red wig, could be said to have doffed his hat to everybody. In both senses of the phrase, because he lived humbly and modestly, and because he never wore a hat. So perhaps it was by mistake that the Grim Reaper took him one wintry day, for he was wearing a cap as he waited for me in a drafty railway station in Lille. When I got off the train there was a first-aid team half hiding the body as they attempted cardiac massage, and it didn't occur to me that it might be him. Not with the cap upside down beside him, as if asking for contributions after his last performance.

I've got your case, Dad. It's in the rack of the high-speed train taking me from Brussels to Bordeaux via Lille. The whole range of Leichner cosmetics is there, the greasepaint, the sticks arranged according to color just as you left them, and the old circus costume. If my colleagues, senior officials on the European Commission of Finance, could see my luggage . . . if they knew what I was up to! They'd think I'd gone off my rocker—rejected by some woman and crazy with unrequited love. They'd think conventional thoughts, as they always do, when they think at all.

All of it, Dad—the case full of clothes, your schoolmaster-cum-clown getup, Gaston's humble story—all of it had been put away, kept in my secret closet. Together with the buried trace of our missed appointment at the station in Lille, that recurring nightmare.

But I got it all out and dusted it off.

Tomorrow will see the last few hours of the trial of a man who, if certain much-decorated dignitaries are to be believed, is an honorable fellow—despite the fact that, under the auspices of a self-proclaimed "government of the French State," and in the course of a career in which he began as secretary to the prefecture in Bordeaux and ended up as an eminent civil servant, he committed a few crimes. True, they were very transient affairs, quite unintentional, and immediately regretted. But they were crimes against humanity all the same. Because there was such a thing as Vichy, because there are no digressions in history, because true humanity, dignity, and respect for what is good lie outside the scope of mere law and legality. So I feel that this train is carrying me to the trial of an ogre, a monster. And that it is my duty to represent you there—you, Dad, together with Gaston, Nicole, Bernd, and the rest, all those sorrowful ghosts, wherever they're from. Because this man, who's trying to act the pitiful clown and turn his trial into a charade—none of our wartime enemies was worse than he, and many of them would have hated him for the way he abandoned all dignity.

So we shall see if the dignity of a court that has allowed a torturer like him to enjoy a few more crumbs of freedom, as if he had an exclusive right to the time, the eternity stolen from those he deported—we shall see if this crimson and ermine dignity has a sense of humor, a sense of the macabre. The name of the accused? I vaguely recall a brief reverberation, like that of a contemptuous slap, and—and even that I hope to have forgotten by tomorrow, so as to remember only the names of the people he deported from life.

Tomorrow, Dad, I will have big black rings painted around my eyes, and the chalk-white cheeks of a corpse. I will try to be all of those whose laughter ended in the beech forests, in the birch copses far away, just before dawn—those whom you tried to bring back to life. And I shall try to be you, too, you who never forgot.

As best I can. I'll play the clown as best I can. And maybe, in the name of you all, I'll manage to play the man, too.

Effroyables jardins

Et que la grenade est touchante
Dans nos effroyables jardins

Calligrammes,
Guillaume Apollinaire

À la mémoire de mon grand-père Leprêtre,
ancien combattant de Verdun, mineur de fond,
et à celle de mon père, ancien résistant, professeur,
qui m'ont ouvert en grand la mémoire de l'horreur
et fait pourtant apprendre la langue allemande,
parce qu'ils sentaient bien que le manichéisme en
histoire est une sottise.
Et à la mémoire de Bernhard Wicki.

�֍ *Certains témoins mentionnent qu'aux derniers jours du procès de Maurice Papon, la police a empêché un clown, un auguste, au demeurant fort mal maquillé et au costume de scène bien dépenaillé, de s'introduire dans la salle d'audience du palais de justice de Bordeaux. Il semble que, ce même jour, il ait attendu la sortie de l'accusé et l'ait simplement considéré, à distance, sans chercher à lui adresser la parole. L'ancien secrétaire général de la préfecture de Gironde a peut-être remarqué ce clown mais rien n'est moins sûr. Plus tard, l'homme est revenu régulièrement, sans son déguisement, assister à la fin des audiences et aux plaidoiries. À chaque fois il posait sur ses genoux une mallette dont il caressait le cuir tout éraflé. Un huissier se souvient de l'avoir entendu dire, après que fut tombé verdict:*

—Sans vérité, comment peut-il y avoir de l'espoir . . . ?

Et sans mémoire ? Des lois de Vichy: 17 juillet 40, concernant l'accès aux emplois dans les administrations publiques, du 4 octobre 40 relative aux ressortissants étrangers de race juive, du 3, la veille, portant sur le statut des juifs, du 23 juillet 40, relative à la déchéance de la nationalité à l'égard des Français qui ont quitté la France, tous ces actes où Pétain commence par « Nous, Maréchal de France . . . », et cette autre loi qui me touche, du 6 juin 42, interdisant aux juifs d'exercer la profession de comédien . . .

Je ne suis pas juif. Ni comédien. Mais . . .

Aussi loin que je puisse retourner, aux époques où je passais encore debout sous les tables, avant même de savoir qu'ils étaient destinés à faire rire, les clowns m'ont déclenché le chagrin. Des désirs de larmes et de déchirants désespoirs, de cuisantes douleurs, et des hontes de paria.

Plus que tout, j'ai détesté les augustes. Plus que l'huile de foie de morue, les bises aux vieilles parentes moustachues et le calcul mental, plus que n'importe quelle torture d'enfance. À dire au plus près l'exact du sentiment, au temps de mon innocence, j'ai éprouvé devant ces hommes raccommodés à la ficelle, écarquillés de céruse, ces grotesques, le vertueux effroi des puceaux croisant une prostituée peinte, selon l'idée imagée et sommaire que je m'en fais, ou la soudaine suée des rosières découvrant au parterre fleuri un nain de jardin obscène, ithyphallique. Si on m'imposait le spectacle de la piste, je trouillais à cramoisir, à bégayer, à faire pipiculotte. À devenir sourd. Fou. À mort.

Rien qu'à la pensée d'une bille de clown, d'une perruque rouge, la perspective d'une matinée au cirque, mes copains de classe, ma sœur Françoise, tous les gosses de constitution normale sentaient monter la rigolade, s'étirer les coins de leurs lèvres. L'extase du rire, la jouissance de la gorge déployée leur venaient. Moi je me nouais bien profond, à ne plus pouvoir avaler ni une règle de grammaire ni le repas du soir.

Bien sûr, les manuels de psychanalyse vulgarisée ne sont pas faits pour les chiens et j'ai depuis longtemps identifié les causes d'une telle névrose.

C'est que mon père, instituteur de son état, traquait et prenait aux cheveux toutes les occasions de s'exhiber en auguste amateur. Larges tatanes, pif rouge, et tout un fourbi bricolé de ses vieux costumes, des ustensiles de cuisine mis au rencard. Faut-il le dire, quelques dentelles aussi, abandonnées par ma mère, lui donnaient une couleur trouble. Ainsi armé et affublé de la sorte, casqué d'une passoire à l'émail écaillé, cuirassé d'un corset rose à baleines, presse-purée nucléaire à la hanche, casse-noix supersonique au poing, c'était un guerrier hagard, un samouraï de fer-blanc qui sauvait l'humanité intergalactique et aussi la nôtre, toute bête, dans un numéro pathétique de niais solitaire contraint de s'infliger tout seul des baffes et des coups de pied au cul. Une espèce de Matamore d'arrière-cuisine, un Tintin des bas-fonds, dont personne ne suivait le galimatias à peine articulé mais qui avait le chic pour émouvoir l'assistance. Peut-être parce qu'il était maladroit, se prenait vraiment les doigts dans le tambour de la râpe à fromage qui lui servait de mitrailleuse, chantait horriblement faux et mourait immanquablement de faim, d'amour ou . . . D'amour. À bien y resonger, oui, copiant Charlot, il mourait surtout d'amour.

Et cela ajoutait à mon malaise. Celui de maman,

elle avait beau le cacher, il m'était évident qu'elle aussi, à voir papa exécuter des culbutes et des sauts carpés d'agonie, une fleur de papier au poing, pour une donzelle choisie dans l'assistance, elle l'avait un peu mauvaise. Mais bon !

Il courait les fêtes de fin d'année, les goûters de Noël, les anniversaires et les raouts de comités d'entreprises. Les après-midi récréatives des œuvres laïques, de préférence et, bien entendu, jusqu'à plus soif. Dans tous les sens. Parce que ce genre de manifestation, on sait ce que c'est, l'amical est de règle, et ce brave clown il en avait sué sous les projecteurs, fallait veiller au remplissage régulier de sa chope. Mon père revenait de ses prestations bourré de reconnaissance liquide et satisfait d'être ivre par devoir. Et moi j'avais honte de lui, je le reniais, l'ignorais, je l'aurais donné au premier orphelin si j'avais pensé qu'un seul eût pu l'accepter. Je haïssais ma mère de le mettre au lit, de lui essuyer le front en lui murmurant des tendresses.

Jamais il n'a demandé un sou pour s'être produit, nous avoir bousillé un samedi en famille, un dimanche, nous avoir obligé à renoncer à un beau jeudi entre nous. On l'appelait directement à la maison, par téléphone. Il écoutait, demandait juste le lieu et l'heure. Après il informait maman de son engagement. Elle le regardait tirer sa valise d'un placard de la cave et vérifier ses accessoires. L'essence dans l'auto, le ticket de tram, les faux frais c'était pour sa pomme. Simplement, avant de partir, il nous interrogeait du regard et observait une tradition : hésiter, faire comme si cela lui pesait de nous laisser en plan, de nous sacrifier à son plaisir. Presque il renonçait, reposait déjà la valise, non,

non, il n'irait pas, c'était trop cruel que de nous négliger. Tout ce tintouin pour qu'on fasse notre part de cette mascarade des tendres et impossibles arrachements, que maman condescende, ma sœur Françoise et moi étant inclus dans sa reddition, à l'accompagner avec fierté.

En fait maman ne condescendait pas, elle revendiquait son statut de femme de clown et donnait dans le genre patriote illuminée : nous n'allions pas au sacrifice mais au triomphe. Pour moi, oui, le sacrifice existait, la sortie obligatoire me pesait, il me faudrait encore ruser, me démarquer nettement des miens en ne leur adressant plus la parole tant que durerait le numéro, trahir. J'avais la queue basse et je me consolais à peine avec les douceurs, canapés rances et limonades fades qu'on nous servait parfois. Comme à des pauvres.

Ce que nous n'étions pas.

Mon père était instituteur, donc. Et populaire comme aucun de ses collègues, aimé des élèves de la communale, justement de cette navrante et inhabituelle vocation comique chez un honorable pédagogue.

Mon père était le plus triste des clowns tristes. Du moins en avais-je l'impression. Et qu'il se faisait mal exprès, se punissait d'une inavouable faute en se rendant si malheureux. Même, ayant feuilleté par pure perversion un catéchisme qu'il avait confisqué et oublié dans le tiroir de son bureau, je lui soupçonnais des envies de destin christique. L'imbécile idée fixe qu'il pouvait racheter par la douleur et le sacrifice je ne sais quoi de sombre, la face inavouable de l'humanité. En réalité, derrière son maquillage, ridicule, perdant son temps et sa réputation, sa dignité d'intègre fonctionnaire, à réjouir des ingrats, mauvais artiste et le sachant, il pétait de bonheur. Connement et admirablement, comme un pêcheur à la ligne, un chasseur, un joueur de pétanque . . .

Dans les années cinquante, début soixante. Nous roulions en Dyna Panhard, un long crapaud au mufle rond, jaune canari, à la banquette de skaï imitation zèbre et au bruit de casserole. Une bagnole de clown. Mon père se félicitait de son choix. Il était bien le seul. Les autres papas roulaient Citroën DS, Peugeot, Ford . . . Même Simca . . . ! Tiens, il aurait eu une Étoile Six bicolore, cette espèce de baleine rachitique à grands fanons, je lui aurais beaucoup pardonné. Mais là, une Panhard ! Souvent j'ai pensé qu'il nous emmenait, maman, Françoise et moi, parce que nous étions laids, qu'on allait bien avec l'auto, qu'avec nos cheveux jaune flamand, nos pifs en tromblon et nos lunettes rondes, on prolongeait la guimbarde. Je redoutais qu'il ne finît, un jour, par nous tirer en scène, enfin sur les estrades merdiques où il officiait les meilleurs soirs. Je craignais aussi qu'il ne nous offre, comme chez Pirandello, que je ne connaissais pas encore, le triste chef de cette famille de six personnages étale ses turpitudes domestiques à des acteurs, oui, je craignais qu'il ne nous abandonne à la malsaine curiosité d'une tablée de gosses de gaziers ou d'employés de la sécu. Ils nous auraient posé des questions à propos de nos malheurs, de nos turpitudes, et nos embarras leur auraient procuré des jouissances morbides. Ceux-là pourtant, je n'avais pas besoin de lui pour les fréquenter en classe et les envier d'avoir des pères normaux ! Même un beau-père indifférent, même l'amant paresseux d'une mère veuve et volage, c'était mieux qu'un étrange auguste avec une gueule d'orignal et une cervelle capable de résoudre tous les problèmes de robinets !

Le pire est arrivé alors que mon père m'avait comme élève, en CM2. Il a osé venir à l'école et faire sa classe avec, sous sa blouse grise, son bazar d'auguste, corset et tout le tralala. Quand même, le maquillage et la perruque, non plus que les tatanes, il n'a pas eu le culot. S'il avait osé, je crois que je me jetais sous un train ou devant les roues de la Dyna quand il la sortait du garage . . .

Il reste que, sur le coup, l'affaire m'a paru un début d'apocalypse. Mais j'ai été le seul à en être sur le cul : c'était de notoriété chez les grands de la classe du certif, ceux qui étaient déjà passés dans les pattes de mon père, qu'il se permettait chaque année, pas loin après l'épiphanie, vers carnaval donc, la même incartade. On lui passait volontiers cette incongruité sans en connaître la signification vraie.

Mon père était un joyeux drille, voilà tout. On disait : un sacré. André, c'est un sacré! Combien de fois l'ai-je entendu, avant qu'on ne s'aperçoive de mes tourments et qu'on se taise devant le gamin du sacré . . . Un sacré quoi ? Ceux qui employaient l'expression ne savaient pas plus que moi, je pense, et nul ne supposait que le doigt de Dieu se fût un jour posé sur mon père pour le sanctifier, mais le qualificatif, généreusement octroyé, faisait de lui un être à part.

De fait, je le sais aujourd'hui, il méritait la distinction, la légion d'honneur de la reconnaissance, et ceux qui croisaient au trottoir son regard doux auraient dû se découvrir. Parce que lui, il a passé sa vie à rendre hommage, à payer sa dette d'humanité, le plus dignement qu'il croyait. Trente ans durant il a eu le chapeau à la main, il a salué bas. Passé l'époque primaire, il me fut confusément sensible qu'il accomplissait ses tours de piste par devoir, rituel expiatoire, et aurait ri de l'ahuri qui lui aurait reconnu un talent d'auguste. Il se savait mauvais clown, n'éprouvait nulle honte à cet échec et prenait quand même plaisir à ses minableries. Mon père était un homme de douce obstination et d'intérieure nécessité.

Avec certitude, je ne l'ai su qu'après. Quand il a jugé qu'il était temps de m'affranchir.

C'EST PAS lui, mon père, qui m'a raconté le pourquoi, délivré de la malédiction de l'auguste. Son cousin Gaston s'est acquitté de la mission. Ou de la corvée.

GASTON. Un bon à rien dont ma mère plaignait le sort. Un James Cagney efflanqué, blond cranté, marié à une Nicole potelée qui s'esclaffait sans cesse. Ils tiraient le diable par la queue et n'en faisaient pas une histoire. Simplement, les dimanches quasi hebdomadaires où nous les avions à manger, vers le dessert, passé le Bordeaux tu-m'en-diras-des-nouvelles, ils finissaient pas se taire, leurs mains se nouaient sur la nappe damassée, Nicole soupirait un grand coup qui tournait au fou-rire mouillé et Gaston essuyait ses lunettes. Et puis ils se laissaient aller, s'étreignaient, se vérifiaient la tendresse, et puis la vie, à bons gros bécots dans le cou. Sans pudeur ni honte, ni perversité. En bons sauvages.

Ils n'avaient pas d'enfants, n'en auraient jamais. On les enviait de cette possibilité d'éternelle lune de miel. Ils en crevaient.

Ces fois où on leur sentait partir le cœur, ma mère hochait la tête et mon père regardait ailleurs. Quant à ma conne de sœur, Françoise, elle faisait l'initiée, se composait des mines d'affligée inconsolable, des gueules de mètre étalon de l'universelle souffrance. Trop vieille pour son âge. Si elle avait pu, elle aurait versé dans les neuvaines pénitentes. Déjà elle pleurait avec beaucoup d'élégance, sans dégâts aux paupières, et à volonté.

Moi, leurs manières à tous m'emmerdaient. J'étais bon élève, promis à des avenirs, et tremper dans leurs émois de fin de banquet, c'était trop. Toutes ces simagrées étaient devenues, à mesure que je m'éveillais adolescent, à mes yeux de merdeux, des consolations de petits, le plaisir morbide d'un chagrin secret et moche, peut-être surestimé, bidon même, ravivé pour quelques intimes. Pitoyable.

Même les avancées de Gaston, les dimanches où il me proposait un baby-foot, ses tentatives pour s'offrir le côtoiement d'un gamin comme il en aurait bien voulu un, je les repoussais, ferme et incorruptible. Les propositions de Nicole pour m'apprendre à valser musette, les mains sur ses hanches et le pif dans ses lolos, n'en parlons pas !

Je m'étais lourdement trompé sur le compte de mon père, et pareil je m'aveuglais devant ce couple apparemment simple. C'est maintenant que je les sais admirables, Gaston et Nicole, que je devine ce qu'il leur a fallu serrer les poings pour survivre, et que je me foutrais des baffes de les avoir méprisés, d'avoir eu l'œil sarcastique devant les franges aux manchettes de Gaston, les pieds gonflés de Nicole qui ôtait sous la table ses escarpins éculés.

Nicole était belle. Aujourd'hui, m'examinant le souvenir, je le parierais. Je n'étais pas alors en mesure d'en juger. Je soupçonne toutefois que mon père l'avait remarqué. Et que maman n'était pas dupe de cette tendre tentation. Peut-être est-ce de cet amourlà, inavouable, qu'il mourait beaucoup quand il était clown. Quand bien même, il y avait prescription. Et maintenant . . . C'est oublié.

Bien évidemment, Gaston, Nicole ne sont plus. Ces pauvres vies ont cessé un matin ou une nuit, et aucune larme ne fut gâchée à les pleurer, pas une phrase à les regretter. En l'absence de mes parents déjà disparus, ils ont glissé au paradis des photos de famille, rares et infidèles, qu'on jettera quand on ne pourra plus identifier ce grand con à lunettes, coiffé à l'embusquée, et cette tendre bécasse dodue qui l'enlace, toute chose devant un parterre de roses. J'ai ces clichés en mémoire mais je ne les ai pas retrouvés dans mes tiroirs. Il aurait fallu que je demande à Françoise qui enseigne maintenant en Normandie. Elle y a transporté et conservé les pénates de nos parents en allés tout pareil que Gaston et Nicole. Et plus tôt encore. La pieuse Françoise, la gardienne des bouts de ficelle et des fleurs fanées, l'éternelle émue de ce qu'elle n'a pas vécu, l'Emma Bovary des agrégées d'allemand, il m'aurait fallu l'aller visiter. Non merci. C'eût été l'apocalypse, les pourquoi et les à quoi bon.

Et puis je ne sais pas pleurer avec l'art consommé qu'elle déploie à laisser couler de nobles larmes. Je brais à gros bouillons, morveux et l'œil gonflé. Sans cette dignité du chagrin qui justifie sa cause par la beauté des effusions. Alors non merci. Gaston et Nicole je les garde tels que, lointains mais de plus en plus surprenants dans ma mémoire. Vivants.

PARCE QUE . . . Oui, je disais que Gaston m'avait délivré de la malédiction de l'auguste . . . Mon entrée dans les secrets des grands s'est donc faite au bar du cinéma où on projetait *Le Pont*. Il me semble que c'était au « Tramway », ou au « Métro » . . . Une salle avec un nom de moyen de transport, ça j'en suis sûr, quelque part dans un quartier ouvrier, au revers de Roubaix ou de Tourcoing, à une époque où la ritournelle de la Fox et un esquimau chocolat vanille guérissaient encore les gosses du mal de dents. Un dimanche après-midi.

On s'était tassés dans la Dyna, trois sur la banquette avant, avec Nicole entre mon père et maman, et Gaston derrière, le cul à l'aise entre Françoise et moi. Tout le monde sur son trente et un, sent-bon et brillantine. Il y avait du solennel sur les figures, même celle de Gaston. Je subodorais l'événement exceptionnel sans pouvoir deviner, et il était clair que ma sœur non plus.

J'espérais que le film me donnerait la solution et j'en ai été pour mes frais. Pendant le générique de début, Cordula Trantow, la seule femme, et les autres, tous des noms allemands, il y a bien eu un petit émoi, côté Gaston-Nicole-papa on s'est poussés du coude, les fesses ont remué. Et puis plus rien.

Jusqu'à « Fin » et la lumière qui se rallume. On cligne des yeux, on est encore dans l'image, engourdi, et on piétine dans l'allée en pente, un peu ivre, en suivant les gens qui sortent, disent à mi-voix, en se déguisant l'émotion, que c'était pas mal, ils ont bien aimé, eux, cette histoire, de gamins débarqués dans une armée en déroute. Un gradé humain affecte ces gosses à la garde d'un pont sans importance stratégique et ils vont être assez cons, assez idéalistes pour crever à faire les grands. Insupportable mais sans rapport apparent avec nous, famille et associés, qui étions du côté des vainqueurs et dans le lot des survivants de la seconde guerre. N'empêche que j'étais tout noué de la glotte et Françoise avait des yeux de condoléances.

Au bout de cette descente de calvaire, sitôt dehors, dans le petit hall, nos dames ont voulu traverser s'acheter un cornet à la baraque à frites du trottoir d'en face. Pendant qu'elles sortaient, au passage obligé par le bar, Gaston et mon père ont échangé un regard et Gaston m'a arrêté, un peu plus loin que les pompes à bière. Deux tabourets ronds, une limonade, une pression. Gaston a soupiré fort. Un tel cérémonial, j'ai compris qu'il en avait gros à me dire et que c'était préparé, ordonné. Le Gaston était en service commandé. Mon père s'était affalé avec un demi au bas-bout du comptoir, où la fille qui déchire les tickets s'installe pour fumer sitôt la séance commencée. De tout le temps que Gaston a parlé, mon père n'a pas touché à son demi ni tourné l'œil vers la fille des tickets. Il se regardait en dedans, et c'était tout velours. Gaston, lui, la parole lui coulait, sans rancune ni haine, ni se pousser du col, simple et nu, à en baisser la paupière.

Le cousin Gaston parlait patois. Un patois que je comprenais parfaitement mais quand il m'a raconté, là, sur ce formica tout fendillé, le pourquoi des fêlures de mon père, il s'est appliqué. L'exact de ses mots, ses barbarismes, j'ai presque oublié. J'ai réécrit. Et, sauf des expressions, des passages que j'ai encore dans l'oreille, j'ai fini par oublier la chair de cette langue, que Gaston faisait pas semblant, que ses mots étaient pas l'ombre des choses et des moments inhumains, mais qu'il m'ouvrait sa vie et m'offrait humblement tout ce qu'il avait, d'effroyables jardins, dévastés, sanglants, cruels.

. . . Fin 42, début 43, que c'était. Moi et puis ton père, par notre petit groupe de résistants, on avait reçu l'ordre de faire sauter tous les transfos de l'arrondissement. Et d'abord celui de la gare de Douai. J'ai même jamais su pourquoi . . .

Il a commencé son petit conte tout benoît, mon Gaston. De temps en temps, avant de revenir à moi, comme par une nostalgie de plouc, ses yeux glissaient aux vieilles affiches derrière le comptoir, sur la belle violence des cow-boys et les décolletés pervers des dames. Burt Lancaster, Virginia Mayo, Elizabeth Taylor, Monty Clift, et tous leurs copains, rien que des héros, des étoiles à baver devant. Ce que je faisais, comme mes copains les plus dessalés. Mais de ce jour-là, en regard de Gaston, de mon père, de Nicole aussi, ils ne m'ont plus rien été. Sinon de pâles mirages.

DEHORS c'était soleil. Gaston parlait d'une époque où la nuit était la plus forte. Gaston en venait au fait :

. . . Les arrière-goût d'hiver. Tels que par ici. Surtout du froid humide, de la pluie et pas lourd de lumière. La guerre par-dessus, les deuils, les restrictions et le sentiment que l'humiliation cesserait pas demain . . . Mais attention : les gens avaient beau avoir du gris à l'âme, ils tâchaient quand même de pas trop courber l'échine. Nous pareil. Que je te dise: la résistance, on s'y est mis, les autres je sais pas, en tous cas ton père et moi, pour rigoler, pas s'emmerder, en tous cas au début . . . Comme si on serait allés au bal . . . La fine ambiance *Horst Wessel lied*, fanfare militaire, ça nous donnait pas l'envie de danser. Alors, histoire de jouer notre propre musique, le sabotage du transfo de la gare de Douai, ton père et moi, on l'a fait aérien, façon musette, doigts de fée sur le piano à bretelles et allegretto. Un soir, à la nuit juste tombée. Comme des inconscients, sans précautions . . . Avec juste des cuirs d'électriciens et des sacoches d'explosifs. Parce que ça nous semblait la meilleure couverture . . . Parce qu'on pensait pas plus loin . . .

Boum! On était en train de remonter sur la campagne par des voyettes et on a entendu le boum derrière nous, et puis ce qu'on dit d'habitude, feu d'artifice et tout le tremblement . . . Bon, on s'est dit, c'est fait ! Et on est rentrés dormir tranquille. On s'est même pas enrhumés en route !

Une petite douzaine d'heures on a cru qu'on s'en sortait comme une fleur. Comme chaque fois, juste en évitant de prendre des précautions . . . Comme à la loterie nationale : on gagne gramin seulement si on s'en fout de perdre. Comprends-tu . . . ?

En tous cas, là on a gagné le gros lot deux fois ! Une fois au soir quand on n'a pas été pris, et puis . . .

Au matin on s'est fait coincer dans la cave. Celle de tes grands-parents maternels. Au milieu des confitures et des bocaux de cornichons. Un vrai trésor. Tu peux rigoler, les frisés s'y sont pas trompés : l'homme pris sur un lieu de plaisir clandestin ainsi, avec des richesses autant pleins les bras, c't'homme-là est forcément dangereux. C'est les cruautés du sort, parce que nous, ce que je te disais, même si on avait fait péter le transfo, pour paraître innocents on se cachait pas. J'aidais ton père à installer des étagères pour les conserves de légumes de sa future belle-mère. Quatre fridolins qu'ils étaient, à se bousculer dans le petit escalier et à nous tomber franco sur le poil. Le temps qu'on se retourne, ils nous poussaient au mur, les culasses des fusils claquaient et on s'est dit au revoir, André et moi. Vite fait, pas vaillants du jarret. L'héroïsme, le cœur à l'échancrure de la chemise, la Marseillaise que tu leur chantes à la gueule jusqu'au souffle dernier, tu peux toujours rêver mon garçon, c'est du roman. Dans la réalité, tu sais plus où regarder, quoi attraper que tu peux emporter pour toujours, quelque chose qui t'occupe les mains, les yeux, les lèvres. Le mieux c'est encore un visage de femme. On n'avait pas ça, nous. On n'avait que les corni-chons. Alors pendant qu'ils nous mettaient en joue, qu'on entendait ta mère et la mère de ta mère hurler là-haut, et nos cœurs cogner, on s'est juste pris la main, André et moi, comme deux gamins à la sortie de l'école, pour pas partir tout seul, le regard bien sur les bocaux avec les cornichons géants, pas ceux au vinaigre, ceux en saumure douce, à la polonaise. Tu vois le tableau ? On attendait les déto-nations et la mort noire . . . Et tout s'est arrêté.

Un bruit de bottes dans l'escalier, un gradé essoufflé qui déboule gueuler *artoung* et *los* et *wek*, et miracle, on nous fusille pas ! Rien que des aga-ceries de crosse, et de la savate plein les guibolles pour nous aider à remonter plus volontiers. Et la peur elle est seulement venue là, de sentir qu'on aurait aussi bien pu ne plus rien sentir, elle est venue du coup qu'on se sentait survivre !

Plus tard, après de la marche à pied à travers tout le village, juste question de nous faire montrer aux gens derrière leurs volets, avec les lèvres pétées et le sourire bien écorché, après une promenade dans un camion, à plat ventre, ces messieurs ayant essuyé leurs bottes à nos côtes, plus tard, entrevue avec l'obermachin à l'Ortskommandantur . . . Tu vois où c'est ? Ben, dans la même rue que t'es né, rue Jean Jaurès, le long mur du parc de la grande maison, en te mettant pas trop loin pas trop près, c'est encore nettement lisible « Ortskommandantur », en lettres blanches . . . La brique a bu la peinture, alors forcément, c'est resté . . . Et c'est pas plus mal : ça nous y fait repenser . . . ! Oui . . . on nous a emmenés là.

Deux-trois palabres, une baffe ou deux, du mépris pleine lippe, et enfin on nous dit quoi, comment on appelle ça : le chef d'accusation ! Voilà : le chef d'accusation ! Loi du 14 août 41 ! Celle que Pétain il a fait passer le 22, après l'attentat de Fabien au métro Barbès, et qu'il a antidatée pour pouvoir exécuter légalement des otages et calmer ces Messieurs vert-de-gris !

Et tu devineras pas : loi du 14 août donc et, comme les copains de Paris à cause de Fabien, nous v'là otages à cause du transfo explosé ! Si fait ! Si dans trois jours les auteurs de l'attentat s'étaient pas livrés, on y passait. Pour de bon cette fois !

Tu vois l'ironie et l'impasse ? On pouvait pas espérer que quelqu'un se dénonce vu que les coupables c'étaient nous deux ton père et que ces cocus de frisés étaient tombés pile sur nous par

hasard. De toutes les façons on était bons, on se faisait trouer comme otages ou comme terroristes,
anarchistes ou communistes ! Loi du 14 août !

Ou peut-être ils nous avaient choisis à cause
qu'on avait été assez niquedouilles pour se vanter
d'être résistants, même rien qu'en douce, à éblouir
quelques zézettes . . . Ils voulaient nous éliminer
mais qu'avant on avoue autre chose en plus, qu'on
donne des copains, ou je sais pas . . . Ou bien c'était
une façon pas salissante de nous torturer, de montrer leur pouvoir à la population ? Non, même pas,
rien de tout ça . . . On avait beau retourner tout
dans nos caboches, se regarder, on comprenait pas
qu'ils soient si finauds. Ce qu'on avait peur c'était la
torture, la baignoire, la schlague . . . On n'était pas
trop sûrs de tenir bon. Sûrement qu'ils voulaient
pas gâcher de l'eau ou qu'ils nous prenaient pas au

sérieux, parce qu'ils ont arrêté de nous parler. On a dû rester debout deux-trois heures de rang au milieu du jardin d'hiver, la grande verrière qui était devenue le bureau de l'Oberboche. Bouger chtrengue verboteune.

On tournait légumes.

Bien sûr, maintenant on sait bien qu'on a été choisis par les gendarmes français. C'est eux qui ont donné la liste des otages aux schleus ! Tu devineras jamais pourquoi ils se sont vengés de nous . . .

Enfin bon, au crépuscule, re-camion. Une grosse dizaine de minutes à rouler par des chemins plus défoncés que nous, et on nous jetait dans un trou d'argile, presque rond, profond et lisse de parois. Là-bas, au bord du Pas-de-Calais, un endroit où on tirait de l'argile pour une briqueterie et une tuilerie. Déjà désaffectées à l'époque. Ton père, il a dit que du temps des romains, ou des grecs, mettre des types au fond d'un ravin déjà ça se faisait.

La plus simple et la plus efficace des prisons. Même pas besoin de nous garder. Bien cruelle aussi la prison : un bout de temps qu'il crachinait, par petites bouffées, croisées avec des averses de pluie dure, et on pataugeait dans cinq-six centimètres de flotte, au fond. Pas moyen d'y échapper.

Je voyais bien que la peau allait nous peler d'humidité dans les godasses, qu'on allait se fleurir d'ampoules et d'engelures. En essayant de te mettre au sec sur le bas du contrefort, de grimper au mur, tu dérapais et tu te retrouvais le cul au frais, bien emplâtré. En réalité ça n'avait pas d'importance : pour arriver là, le camion bâché avait reculé à presque verser dans le trou, on nous avait poussés avec le canon d'un fusil dans les fesses et on avait roulé jusqu'au fond dans la bouillasse. Tous raides de crotte pareil. Alors les élégances !

Ton pére, je me souviens, c'est là, il a parlé de grenades et d'effroyables jardins. J'ai pas compris, il a pas expliqué.

Plus tard, une fois tout seuls et les godasses déjà à tordre, on a levé et tassé, en raclant, en battant de la semelle, une petite digue plate où on avait le pied au sec. Oser plus, tenter la cavale, creuser un escalier à flanc de falaise et foutre notre camp, impossible : ça s'éboulait, ça t'échappait, ça te suçait le soulier, ou bien ça se modelait lisse à la main, aucune prise, du terrain traître. Admettons même qu'à force on soit arrivés en haut du trou, on pensait pas qu'ils nous auraient laissé aller aux fraises, les frisés ! On supposait qu'il y avait de la mitraille à l'affût quelque part et que ç'aurait été tout miel de nous canarder en train de fuir.

Alors on s'est contentés d'attendre, en veston, sous le crachin. Sans parler, le dos rond. Juste, la pluie nous a fait la toilette. Le sang une fois bien lavé, restaient que les bleus des gnons.

En fait, on était quatre, à piétiner trente mètres carrés en gros. Ton père avait arpenté le diamètre, grosso-modo, et calculé l'aire, avec pi 3,14 et tout le tremblement. Résultat : trente mètres carrés. Ça nous faisait une belle jambe. Même qu'on aurait eu un empire à se partager, du moment que c'était pour y mourir et y être enterrés tout cru, la superficie exacte on s'en tapait. Parce qu'on se disait : crénom de cadeau, on a le plaisir et le privilège de visiter notre propre tombeau ! Bien sûr, couillon, même pas besoin de gaspiller des balles, ou alors juste pour nous estropier, qu'on n'ait pas la force de se rebiffer, perdus pour perdus. Après, rien qu'en nous faisant tomber l'argile dessus à coups de talons, une petite escouade nous fouissait au fond en moins de deux !

Les deux autres, Henri Jedreczak et Émile Bailleul, c'étaient des vrais otages eux . . . Innocents je veux dire. Vu que nous autres, ton père et moi, on était otages coupables. Raclés, Henri et Émile, sur le carreau de la fosse 2 à la sortie du poste du matin. Mais pas par hasard. C'est là, à parler dans notre trou, qu'on a commencé à comprendre comment les boches avaient choisi et qu'Émile et Henri se retrouvaient à faire troisième et quatrième. Les schleus avaient raflé dans un groupe constitué : les otages c'était une partie de l'équipe de foot de chez nous ! On y jouait tous les quatre et on se connaissait forcément. Ton père faisait goal, moi ailier gauche, les autres peut-être arrière et demi droit, je sais plus. Mais que ton père et moi on mettait nos sabotages au point sous la douche d'après-match, et qu'Henri et Émile étaient pas de nos belles folies, ça je m'en souviens bien . . . Sauf que, quelqu'un de l'équipe qui nous auraient dénoncés, on voyait personne d'assez moche . . . C'est seulement après guerre qu'on a su le fin mot: les gendarmes ils étaient pour l'équipe de foot d'Hénin-Liétard, et nous, les footeux d'Hénin, on les avait battus trois-zéro au premier tour de coupe de France en 39 ! Alors, ils ont vengé leur honneur comme ils ont pu . . . En nous désignant comme otages . . . Quatre sportifs du dimanche, choisis par leur propre maréchaussée, présumés innocents et fusillés à cause de la lâcheté de saboteurs terroristes, nos cousins fritz voyaient ça bien cruel, donc bien réjouissant. Forcément, présentée ainsi, notre mort gratuite, elle allait frapper les imaginations et faire serrer les fesses à tous !

Henri et Émile, ils comprenaient pas c't'encrinquage de terreur. Ils nous saoulaient de pourquoi et de ah mais . . . Si le transfo c'est vous, dites-le, puisque de toutes façons, vous allez crever, alors autant que votre mort serve à nous sauver . . . Et puis même si c'est pas vous, si vous vous sacrifiez, vous sauvez vos copains de la résistance . . . Ça n'en finissait pas de blabla, de raisonnements qui se mordaient la queue. Nous deux ton père on leur a dit qu'ils n'avaient qu'à nous dénoncer, quand les schleus reviendraient, qu'ils osent ça . . . Nous, on les regarderait si rancuneux qu'on les croirait, Henri et Émile, et qu'ils seraient épargnés. Qu'ils fassent ça s'ils pensaient s'en tirer à ce prix. Ton père disait que ça ne lui coûtait rien : il était sûr qu'on y passerait tous, quoi qu'il arrive et qu'il fallait admettre cette mort bientôt.

Ça leur a fait honte, à Henri et Émile, ils ont dit que c'était histoire de parler tout ça, qu'ils pensaient à leurs femmes . . . Et ils enchaînaient . . . C'est vrai qu'ils étaient mariés, pas nous, mais qu'ils étaient avec nous, même si on était coupables . . . Et on remettait trois thunes dans le manicrac ! Des rebusilleries, des repensées, à tourner fou . . . Parce que si c'est vous autres . . . Nous deux ton père, on aurait bouffé nos licences de foot. Il aurait fallu le faire dès la déclaration de guerre, pas jouer à la balle avec des honnêtes gens comme Henri et Émile. En des temps pareils, le sport c'est trop dangereux. À preuve . . . Ah ah ah !

Qu'est-ce que je disais ? Oui . . .

Donc on s'est retrouvés à quatre. Sur les trois heures d'après-manger, avec justement rien à manger, la tremblote de froid et d'humidité. Et soixante-douze heures à vivre. Et pas grand-chose à se dire parce que, forcément, si on avait avoué le transfo, ton père et moi, les deux autres l'auraient eu mauvaise de nous devoir l'enfer et sûrement ils auraient quand même tenté le coup de nous dénoncer. Á qui, tu vas dire. Vu qu'à écouter le silence autour, les oiseaux et ce qui courait de bestioles peureuses alentour de notre trou, on était seuls en rase campagne. Peut-être même qu'on nous oublierait ? Qu'on pourrait s'affairer tranquilles à s'évader . . . Ça nous a traversé, l'idée qu'on pouvait y croire.

On ne l'a pas cru longtemps.

Parce qu'il faisait encore jour quand de la terre a boulé le long de la paroi, à l'ouest. On a levé le nez et il était là. Dos au crachin, jambes pendantes dans ses bonnes bottes, fusil en bandoulière, la capote bien boutonnée, assis sur des sacs, au bord de notre trou. Casque à ras le sourcil et un sourire large et benêt tu peux pas savoir comment. Notre gardien. Finalement, ils nous en avaient envoyé un. Un demeuré des tourbières, un simplet ! Sûrement parce qu'il était infoutu de faire autre chose ! En tous cas, même gardés par un niais, pour l'évasion on était refaits !

Il nous regardait croupir, comme ça, d'en haut, les mains aux genoux. Et tout d'un coup, tu sais pas, il nous a fait une grimace ! Une grosse, une de gosse, les yeux tout riboulés, et la bouche bouffée en cul de dindon ! On en est restés comme deux ronds ! Il nous aurait insultés, bombardés de cailloux, pissé dessus, c'était dans l'ordre, rien à redire. Mais là, se payer la figure d'otages, faire le môme pour des hommes qui vont mourir, c'était indigne, insupportable ! On a commencé à essayer de lui jeter des mottes de glaise mais ça ne servait à rien : elles nous retombaient en pleine poire ! Et, par-dessus le marché, l'ostrogoth sort son briquet, son casse-croûte ! Juste un quignon . . . Mais tu parles qu'on salivait devant ! Et toujours d'une façon à pas croire, avec des efforts énormes, comme si sa poche elle avait trois kilomètres de profond, qu'il y avait des bêtes dedans qui lui mordaient les doigts ! Il poussait des kaïk kaïk, des petits cris de frayeur ! Alors là c'était vraiment trop ! Jouer comme ça avec la nourriture devant des affamés, nous narguer : on l'aurait tué ! On pouvait pas s'empêcher, on était là, à baver devant le manger, à se dire que ce salaud se payait notre fiole et qu'on allait y passer ... Mais en même temps, tu penses ce que tu veux, qu'on était des inconscients, des moins que rien ou quoi, mais en même temps on n'a pas pu tenir, ni les autres, ni moi. Je crois que ton père a rigolé le premier de la dégaine de notre gardien et on n'a plus résisté. On a tous pété de rigolade. Ah, ah ah !

Plus on se bidonnait, là au fond, plus lui, il avait du mal à tirer son pain de sa poche. À peine sorti, à peine il avançait les dents pour surprendre la tartine qui pointait, sa capote la lui réavalait et il en gémissait, se mordait les doigts, faisait semblant de prendre son parti, de plus penser à manger, rêvassait trois secondes, et puis hop, tout d'un coup, par surprise, il remontait à l'assaut de sa poche ! Jamais j'ai tant ri, ton père non plus, je le sais. La chasse à la tartine !

On en avait les larmes aux yeux. Et jamais on n'a pleuré avec autant de plaisir.

Qu'on allait crever, on n'y pensait plus. Non, on n'y pensait plus, on était encore des gamins à ce point et, lui, il était rigolo à ce point . . .

Et puis d'un coup, notre ami Fritz, on le voit se lever d'un bond, au bord du trou, plonger ses mains dans ses poches et en sortir des tartines roulées dans des feuilles de journal ! Six qu'il allait s'en goinfrer l'animal ! Et puis les tartines, il se met à jongler avec ! Et rudement bien : elles ne glissaient même pas de l'emballage journal ! On en avait la gueule ouverte, nous en bas, et la bave aux babines ! Et puis il en loupe une, de tartine, la rattrape de justesse, nous, tu penses bien, déjà on avait tendu les bras, sûrs qu'elle était pour nous, la tartine, mais non, le salaud il l'a rattrapée quand on aurait dit que c'était plus possible ! On en a gueulé à avoir honte, d'in-stinct, comme des chiens que tu fais languir avant de leur jeter le nonos, et lui du coup, le vert-de-gris, ça le trouble, tout son jonglage se met à merder ! Il s'est cru trop fort à nous faire la nique, et toutes les tartines tombent dans le trou, de Dieu la pluie de tartines nous tombe dessus ! Tu penses que nous, on n'en a pas loupé une ! Des tartines comme la main, et du pâté et des cornichons dessus, peut-être ceux de la cave ! On y a pensé je te jure, qu'ils nous avaient pillé les conserves après nous avoir emmenés. Tant pis, c'était si bon qu'on a léché le papier journal des emballages. On en a eu la gueule imprimée, le temps que la pluie, la vraie, du ciel, nous relave, comme elle avait lavé le sang. Nom de nom, on était fiers, on s'embrassait, on lisait à haute voix une page encore potable, avec des dessins, une histoire de Cafougnette qui rentre chez lui après un match de foot, saoul perdu, et qu'il dit à sa femme qu'il est allé chez son copain être la preuve vivante qu'il était bien au match avec lui ! On a ri, on a ri ! Saouls perdus on ne le serait jamais plus à s'exploser les boutons de rigolade, mais on riait notre dernier rire, on l'avait eu notre frisé, à la ruse, à l'estomac, à la démerde, on lui avait piqué ses provisions de soixante-douze heures. Ça lui apprendrait la cruauté gratuite et le respect d'autrui, non mais !

Lui il s'était rassis et avec l'ombre, la nuit venue d'un seul coup pendant qu'on dévorait, on ne voyait plus que sa silhouette, plus sombre que le ciel, même pas son regard sous la visière du casque. Et on riait moins : bien sûr qu'il avait fait exprès, son numéro, encore pour nous torturer à petit feu. Ces tartines elles étaient pour nous, c'était notre dû, peut-être notre dernier repas. Jongler avec, risquer qu'elles tombent dans la boue, s'en foutre de nous, c'était vraiment de l'offense! Mais bon, on n'allait pas grognouter dans le noir ni se gâter la digestion à bertonner là-dessus.

Au matin, on a vu ses yeux. Le soleil s'est levé en plein dedans. Il n'avait pas bougé de la nuit. Et c'était pas le regard d'un idiot ni celui d'un bourreau. Nous on claquait des dents, d'avoir dormi tout recroqués l'un sur l'autre, d'un seul oeil, moitié debout moitié accroupis contres les parois du trou. On en avait des cataplasmes bouseux plein le paletot et le froc. Émile pleurait tout bas et Henri, le regard perdu, se parlait en polonais. Ton père était gaillard pourtant. Il a levé la tête, et je me souviendrai toujours de sa voix, comme à un premier matin de vacances à la mer :

—Serait-il possible qu'on nous serve le petit déjeuner ? qu'il a dit au feldgardien.

Et l'autre, aussi sec, qui répond:

—Tu sais, vieux, à l'hôtel des courants d'air, le déjeuner c'est du vent !

Aucun accent. Rien. T'aurais juré un français. Et appeler ton père « vieux », comme un copain de toujours . . . On n'a pas trouvé catholique ! Au point qu'on a cligné des yeux : des fois que les frisés nous auraient fait surveiller par un milicien . . . Mais non, l'uniforme était vert-de-gris, Wehrmacht.

—Je m'appelle Bernhard. On dit Bernd. Sans rigoler, je vais essayer de vous trouver . . . comment vous dites ? « Dégotter » quelque chose à bouffer . . .

Le pain d'hier soir c'était mes rations de l'inten-
dance . . . Mais je peux pas piquer de la graille tout
le temps au même endroit . . . C'est moi qu'on met-
trait dans le trou, à la fin !

Dit avec sa foutue grimace zyeux de traviole et
bouche en croupion, et une voix de gamin trouillard !
Irrésistible !

Plus tard, ton père et moi on s'est vraiment méfiés.
Sur les débuts de l'après-midi. L'idée nous est enfin
venue que ce type, Bernd, parlant français, gentil, api-
toyé, fin chien et tout, il essayait qu'on soit suffisam-
ment con pour se confier, et donner le réseau, et les
planques d'armes, et les prochains sabotages . . . Et
puis quoi encore ? C'était un peu tard d'y penser et
de se rendre compte mais, heureusement, le mal n'é-
tait pas fait, on n'avait rien laissé filtrer.

On n'a même pas rien dit pour remercier quand

il est parti une petite bouffée, et puis qu'il est revenu nous faire descendre des patates cuites à la cendre ! Cadeau béni ! Évidemment, avant la distribution de patates, il a pas pu s'empêcher de jongler avec. Incorrigible. Ce Bernd, il passait son temps à faire l'âne ! On a ri mais on n'a rien dit.

Pendant qu'on se dévorait les patates, il tenait son fusil comme une trompette. Un saxo plutôt. Il soufflait dans le canon en imitant un petit air. T'aurais dit sans y penser, comme si tous les jours il s'était servi de son fusil pour faire de la musique ! À peine quelques secondes . . . je ne sais même pas si les autres ont eu le temps de voir . . . moi je l'ai vu : son pouce sur la détente, pas loin de se foutre une balle ! Et puis il m'a vu le voir, il m'a fait sa grimace de bruant, et voilà tout . . . Restait rien qu'une zique de brume dans le fond de ses yeux . . .

On a dévoré nos patates.

Là-dessus, juste qu'on se léchait les doigts, une petite patrouille est arrivée. S'est mise en position au bord du trou, fusils braqués. Avec un Feldwebel, un truc ainsi, peut-être bien plutôt un colonel, en culottes de cheval, les poings aux hanches et vraiment l'air pas content de perdre son temps. On s'est dit que ça y était cette fois, l'exécution était avancée, adieu le jour, adieu mes vieux, j'aurai pas servi à lourd, même pas eu d'amour, est-ce que je vais avoir mal, est-ce que je vais pisser dans mon froc, où vont-ils nous enterrer, que vont dire mes parents, et la femme qui m'aurait aimé comment elle aurait été, son prénom ç'aurait été quoi ? T'as tout ça qui te passe derrière les yeux, vite, et puis tu trembles et t'es pas faraud je t'assure . . . Tu penses que tu vas crever à vingt ans et que c'est pas la mode . . .

Émile était tombé à genoux, il pleurait tout ce qu'il pouvait en poussant des petits couinements qui lui secouaient les épaules. Il avait une tête de danseur de tango, je me souviens, ou de danseuse, avec les accroche-cœur au front. Ou bien c'était la pluie qui lui faisait rebiquer le cheveu. Mais je me souviens bien de ça... Et qu'Henri disait ses prières en polonais, tout droit, paupières baissées, mains jointes, doigts croisés, avec son veston et son pantalon de bleu qui lui pendaient dessus, tout mouillés... Et que je te récite le blabla en polak... On n'entendait pas bien parce que l'autre là-haut s'était mis à gueuler en allemand. On savait même pas après qu'il aboyait ainsi. J'ai posé ma main sur l'épaule de ton père, ou bien c'est lui, enfin, je dirais qu'on s'est tenu les bras et on s'est embrassés, salut André, au revoir Gaston, et puis rien, vu que je croyais pas en Dieu, ni lui non plus. Et puis on est allés essayer de relever Émile, de le tenir debout entre nous, à côté d'Henri, pas partir comme des péteux, mais bien en rangs, comme à la fin des matches tu vois, quand on saluait le public . . .

Bernd il était deux pas à l'écart. La bretelle du fusil coulait doucement de son épaule, et, tête baissée vers nous, il nous regardait droit, écarquillé, comme un qui veut se souvenir de tout, garder la scène imprimée profond dans les yeux.

On a eu l'impression que le silence se comprimait, qu'il devenait plus serré, plus d'oiseaux, plus de vent, plus le gémissement sombre de la terre, l'impression que le temps coinçait et laissait la place à la fusillade. Et puis non. Tout ça, la vie, c'est revenu. Un geste du gradé et les types du peloton se sont ébroués dans leur capote Encore une fausse alerte ! Le gommeux à casquette et culottes bouffantes a gueulé des trucs et fait signe à Bernd de traduire. Au soir, un de nous serait exécuté si un coupable ne s'était pas dénoncé à la Kommandantur. À nous de choisir lequel.

Aussi sec demi-tour droite et ils sont partis. On les a entendus encore une petite minute parler et rigoler et siffloter en s'éloignant dans la campagne mouillée. Jusqu'au camion. Garé si loin qu'il a fallu presque deviner le bruit de son moteur. Seulement à ce moment-là, Bernd a manœuvré la culasse de son fusil. Je ne sais pas bien s'il faisait monter une balle ou s'il désarmait. J'y connais rien. Mais il était tout pâle.

Fin d'après-midi.

Tu parles d'un répit ! C'était rien qu'une paire d'heures de plus à se manger le sang ! Et à se bouffer entre nous pour dire qui y passerait en premier.

On a décidé de tirer à la courte paille. Émile et Henri hors du coup, ça va sans dire. Ton père a serré deux bouts de racines blanchâtres dans sa main et me les a tendus. Eh ben, c'est drôle mais Émile a pas accepté. L'instant d'avant il était prêt à faire Berlin à genoux pour avoir la vie sauve et là il le prenait mal, comme une insulte, qu'on lui refuse une place dans ce choix de merde. C'était un impulsif, Émile, un sensible. Tant qu'il était pas au pied du mur en vrai, que c'était seulement des busilleries sur le danger, il était courageux comme personne. Mais c'était le genre à tomber pâle devant un fauteuil de dentiste ! Alors tu penses, un fusil braqué ! Henri lui, pendant la chamaillerie, il regardait et il a fini par dire :

—Laisse tomber, Émile, tu vois bien que c'est eux . . .

—Eux quoi ?

Il ne comprenait pas, Émile. Henri lui a mis les points sur les i.

—Les gars du transfo. Les coupables. Sinon, pour-quoi ils nous feraient une fleur?

—Je vous l'ai dit : parce que vous êtes mariés, a répondu ton père.

—À mon avis, quelles que soient vos responsabilités dans le sabotage, vous avez tort de marcher dans la combine du Herr Oberst . . . L'idéal est de l'obliger à vous fusiller tous ou aucun . . . Si vous lui offrez une victime expiatoire, vous collaborez, vous le justifiez, sa proposition de choix inhumain devient raisonnable, presque charitable . . .

Tous ces mots, tellement beaux, recherchés, que je m'en souviens comme des étoiles, c'était Bernd, assis à nouveau au bord du trou. « Victime expiatoire, choix inhumain . . . »

—T'en parles à ton aise, a dit Henri. Vaut mieux en sacrifier un pour en sauver trois que faire les fiers et y passer tous les quatre !

—Consentir à autrui le pouvoir de vie et de mort sur soi, ou se croire si au-dessus de tout qu'on puisse décider du prix de telle ou telle vie, c'est quitter toute dignité et laisser le mal devenir une valeur. Pardon d'être, avec cet uniforme, du côté du mal !

Et il s'est écarté, un peu plus loin, qu'on ne le voie plus de notre cul de basse fosse. Ton père a jeté ses bouts de racine et on a attendu en silence. Jusqu'à ce qu'une bouteille dévale le long d'une paroi et vienne s'échouer en pleine boue. Du genièvre, du schnaps, un alcool blanc, la bouteille presque à moitié. Le temps de lever les yeux, Bernd avait déjà redisparu. Ton père a crié « Merci ! » et je crois qu'Henri a été le premier à boire.

À l'après-midi déclinant, ils sont revenus. C'est comme ça qu'on a su l'heure approximative. On allait mourir avec le jour. La bouteille était finie depuis longtemps.

Culottes de cheval en premier. Il s'est installé au bord du trou, jambes écartées, mains croisées sur les reins, tout morgueux. Et sa petite troupe est arrivée derrière. Quatre avec une pelle de sapeur en mains. Ils ont regardé le gradé, un signe, et ils se sont mis à pelleter, à ébouler. La gadoue, les plâtrées d'argile nous tombaient dessus. Ces animals-là, ils nous enterraient vivants ! Je crois bien que Bernd a essayé de leur demander quoi, peut-être de les empêcher, mais il n'a pas eu le temps de traduire, Émile, la trouille verte ça l'a repris, il a failli tourner fou, il a commencé de hurler, la gueule ouverte, en s'esquin- tant à chercher à remonter les parois et on a cru que jamais il s'arrêterait ! Il a fallu un coup de revolver pour le faire taire ! Net! Une seconde, on s'est crus morts ! Et non ! Le gradé avait tiré en l'air, l'écho courait encore, et on a entendu Bernd répéter:

—Vous êtes sauvés les gars, vous êtes sauvés ! Ayez pas peur ! Ils font seulement tomber un peu de terre parce qu'on n'a pas de cordes sous la main et l'échelle du camion est trop petite . . . !

Et les autres rigolaient plus ou moins en secouant la tête. Comme si quand on est condamné à mort, et déjà les deux pieds dans sa tombe, on peut comprendre qu'on nous balance de la terre dessus pour nous sortir de là ! À notre place ils auraient trouillé pareil, les frisés !

Donc on a reculé, le temps de les laisser ébouler assez de bédoule pour une levée, et puis on nous passe l'échelle, et puis on remonte, barreau par bar-

reau, l'engin branlant avec ses pieds qui s'enfon-
cent, toujours à deux doigts de retomber au fond.
Tellement que Bernd qui essaie d'attraper la main
d'Émile, passé en premier, bascule, que tout le bazar,
l'échelle, Bernd et Émile valdinguent au fond !
Alors là moment d'émotion là-haut, armes en bat-
terie et tout, mais nous on se contente de relever
Bernd tout plein de brin, de lui rendre son fusil . . .
Et puis de se voir lui et nous, comme ça, au fond,
prisonniers pareil et pareil merdeux, on réclate de
rire . . . Évidemment les autres, là-haut, ne comp-
rennent pas, Culottes de cheval hurle des trucs et
faut bien se calmer, arrêter de se taper les cuisses, et
redresser l'échelle et allons-y, on tient l'échelle le
temps que Bernd remonte, et c'est à notre tour . . .
Plus ça va, plus l'engin berloque, mais on y arrive,
même s'il fallait se tenir avec les dents on y

arriverait, et Bernd nous tend la main pour nous tirer parce que c't'échelle est pas encore assez haute. Et puis voilà, on est à nouveau sur terre. Tout réhus, à pas savoir quoi, rien qu'à se toucher, comme des gosses qui ne veulent pas se perdre.

Le camion est garé là-bas et on y va. Bernd est devant, il se trimballe quatre pelles : ça fait autant de soldats qui peuvent garder le fusil braqué sur nous. Culottes de cheval marche derrière.

Après, dans le camion, parce qu'il était aussi brenneux que nous, Bernd était assis par terre avec nous, entre les pattes de ses copains alignés sur les basflancs. Ton père lui a demandé son nom et ce qu'il faisait dans le civil. Bernd, il a souri :

—Je m'appelle Bernhard Wicki et je suis clown.

—Ah, clown !

Bernd il a fait une petite grimace, comme pour s'excuser :

—Auguste, avec une perruque rouge et un gros nez . . .

—Moi je suis bien instituteur, a dit ton père. Comme ça, tous les deux, on fait rire les enfants . . . Et pourquoi on nous gracie ?

—Un homme s'est dénoncé pour le sabotage du transformateur. Il a déjà été fusillé . . .

On n'a pas pu continuer : Culottes de Cheval a crié par la lunette de la cabine et Bernd a traduit, en gueulant aussi pour faire bonne impression, de la fermer, sinon ! Et on a resté ainsi jusqu'à une petite gare avec des wagons à bestiaux qui attendaient.

Ce coup-là on n'est pas morts mais on a quand

même été déportés. Jusque dans un camp de triage du côté de Cologne. D'où on s'est évadés, nous quatre et une dizaine d'autres types, en passant bien en rangs, à pied, au pas, devant les sentinelles. Ces idiots, ils ont cru qu'on allait en corvée officielle quelque part ! Et à nous la liberté ! Le plus drôle, tu sais pas . . . Si, bien sûr que tu sais. Cette histoire-là, ton père te l'a déjà racontée, qu'on est rentrés par la Belgique, qu'on est restés deux nuits dans un couvent, avec des bonnes sœurs qui n'avaient même pas peur qu'on les viole ! Et puis, et puis . . . Qu'on se met à la résistance à plein temps, à plus savoir le jour qu'on est, ni qui on est, juste qu'on veut continuer à être des hommes . . .

Émile est mort en 49, bêtement : il s'est jeté sous un train des houillères parce que sa femme voulait plus de lui. Qu'on a dit . . . Henri ça faisait déjà longtemps qu'il était reparti en Pologne. Si ça se trouve, il vit encore et il raconte la même histoire à ses gosses.

Ce matin-là, où on a été graciés, et déportés, il s'en était passé de l'événement. De quoi ne pas mourir. En réalité, cet homme qui s'était dénoncé pour le transfo de la gare de Douai, il n'avait jamais été avec nous. Même avec personne des réseaux de résistance. C'est sa femme qui l'a donné aux schleus. Elle n'était pas non plus de la résistance, ni cocue, et normalement elle n'avait pas à nous sauver. L'affaire du transfo avait fait du bruit, les boches ont crié à la trahison, les gens ont eu peur, mais elle, non, au contraire, ça l'a décidée à ne pas laisser faire, pas dire amen à des assassins. Au moment où elle a su que les frisous avait pris des otages, qu'ils allaient être fusillés, il se trouvait que son homme à elle, à peine un petit mois après leur mariage, était à l'agonie. Une question d'heures. Il n'avait même plus la force d'un bisou. Par le fait, elle s'est dit que sa dépouille mortelle, à son homme, pouvait encore servir à quelque chose. Et elle est allée le dénoncer comme saboteur à la Kommandantur !

Naturellement, les frisés ont commencé par rigoler : des belles femmes qui faisaient pousser des cornes à leur mari, ils en voyaient tous les jours, mais une qui voulait s'en débarrasser en le faisant exécuter pour terrorisme, ils demandaient à voir de près ! Tu parles qu'ils ont couru tout raconter à l'homme de cette femme, lui demander confirmation. Ils l'ont trouvé avec juste encore un petit fil de vie, même pas de quoi se maintenir jusqu'au soir. Donc ils ne comprenaient plus : elle n'avait qu'à attendre même pas une journée et elle était libre, cette femme ! Et pourtant lui, l'homme, sur son lit de mort, il a confirmé, il a dit que oui en regardant sa femme bien dans les yeux, oui il était le seul responsable du dynamitage du transformateur. Et qu'il payait pour son acte mais ne regrettait rien. Ça, ça les mis en rogne, les schleus, ils l'ont tiré de chez lui, attaché à un poteau et fusillé quand même, avec ses pansements qui volaient sous les balles et l'immense plaie de son corps brûlé !

Voilà pourquoi les boches nous ont relâchés. La femme ils l'ont vraiment crue et l'homme aussi. Tu sais pourquoi ? Il travaillait à la compagnie d'électricité et il avait été brûlé dans l'explosion du transfo ! Mais brûlé à l'os . . . Et le plus beau de tout : c'est nous qui l'avions tué cet homme-là et c'est encore lui qui nous sauvait la vie ! On avait fait sauter le transfo de la gare sans savoir qu'il était dedans ! Il nous avait vu entrer dans le local, déguisés en électriciens et, bon, lui c'était un employé sérieux, un petit peu coincé, il n'avait surtout pas pensé au sabotage, il avait juste cru qu'on voulait voler le cuivre du transfo ! Seul contre deux, il n'a pas osé intervenir ; il a attendu qu'on sorte pour aller vérifier et alerter la compagnie si nécessaire. Et boum ! C'est des cheminots qui l'ont trouvé tout de suite, brûlé au dernier degré. Ils le connaissaient, ils ont cru qu'il avait trinqué pendant son propre sabotage et ils l'ont ramené en douce à sa femme, qu'il ne soit pas pris par les boches. Même, après la guerre, il y a eu des gens qui voulaient donner son nom à une rue, comme résistant et martyr. Sa femme a refusé. Tout net et sans dire la raison.

Sauf évidemment l'histoire du nom de la rue, tout ça on l'a su une fois évadés mais évidemment, fallait se mucher, vu qu'on était réfractaires au STO, ton père et moi, alors on est devenu mineurs, des gueules noires, pas reconnaissables, tout notre temps sur le carreau de la fosse ou dans des corons chez des résistants . . . Et puis les dynamitages, les sabotages . . . Ça fait, la veuve, on n'a pas eu le temps d'aller lui dire merci avant la fin de la guerre . . .

Un dimanche. Clair. Ton père il recommençait instituteur et moi électricien. Vivants. On s'était mis en trente et un, cravate et souliers cirés, des bouts de carton au fond à cause que les semelles étaient percées, mais ça ne se voyait pas, et chacun son bouquet à la main. Des roses du jardin de tes grands-parents. On a posé nos vélos contre sa façade et buqué à sa porte. Une petite maison, au début de la rue de Belin, à Douai.

Elle ouvre et on est là comme deux cons, à respirer fort et serrer les dents parce que si on parle on va braire comme des madeleines, et elle, elle prend un coin de son tablier, s'essuie les yeux et nous prend dans ses bras. Tu peux pas savoir . . . On est restés avec elle tout l'après-midi, on lui a coupé du bois et on a bu de la bière qu'elle faisait elle-même. Et on a parlé, parlé . . . Au soir on en était tous les deux amoureux finis . . .

Elle s'appelait Nicole. Encore maintenant d'ailleurs. Sinon qu'aujourd'hui elle est mariée avec moi . . .

Et voilà. Gaston a fini le fin fond éventé de sa bière tiède et tout a été dit. Il avait son sourire à la Laurel, plissait l'œil de m'avoir roulé dans la farine en dévoilant le plus tard possible le plus beau de l'histoire, le rôle de Nicole, et il goûtait l'alangui du dimanche finissant. Au bout du comptoir, Nicole était revenue, son cornet de frites mangé depuis longtemps. Elle regardait mon père et Gaston et ils la regardaient, et les mots entre eux c'était pas la peine. Ma mère avait sa tête de quand elle a mal aux pieds et ma sœur son air de maguette. Moi je regardais le nom en haut de l'affiche du *Pont*, le film que nous venions de voir : « un film de Bernhard Wicki ». Le gardien des otages. Le clown-soldat.

Avec sa perruque carotte, mon père a donc vécu chapeau bas. Dans les deux sens de l'expression puisqu'il n'a jamais porté de couvre-chef. Et la Dame Noire l'a

pris un jour de frimas, peut-être par erreur, parce
qu'il arborait, pour m'attendre à Lille dans une gare à
courants d'air, une casquette neuve. Moi-même, à la
descente du train, apercevant ce corps à demi-caché
par les secours d'urgence qui tentaient un massage
cardiaque, je n'ai pas pensé qu'il pût s'agir de lui. Pas
avec cette casquette renversée à son côté, comme
pour demander l'aumône après un dernier numéro.

Ta valise, je l'ai, papa. Elle est dans le filet du TGV
qui m'emporte de Bruxelles à Bordeaux, via Lille.
Tout l'échantillonnage des cosmétiques Leichner au
complet, les fards gras, les crayons rangés par
couleurs, tels que tu les as laissés, et puis le vieil
harnachement de piste. Si mes collègues hauts fonc-
tionnaires européens de la commission des finances
voyaient mon bagage et connaissaient mes desseins !
Sûrement, ils me croiraient sorti des gonds, victime

d'une femme dédaigneuse et fou d'amour déçu. Ils auraient des pensées convenues, comme chaque fois qu'ils pensent.

Tout cela papa, la valise de frusques, tes frasques d'instituteur-clown, le pauvre récit de Gaston, c'était rangé, enfoui à mes placards intimes. La sourde trace de notre rendez-vous manqué en gare de Lille, mon cauchemar familier.

J'ai tout ressorti, tout épousseté.

Demain, ce sont les heures ultimes du procès d'un type honorable, à en croire certains emmédaillés, bien qu'il ait commis, çà et là, sous une autorité auto-proclamée « gouvernement de l'État français », durant les balbutiements d'une carrière qui commençait au secrétariat de la préfecture de Bordeaux et deviendrait celle d'un grand commis de l'État, quelques crimes, mais si fugaces à dire le vrai, si involontaires et si tôt regrettés ! Mais tout de même des crimes contre l'humanité... Parce que Vichy a eu lieu, parce que les parenthèses n'existent pas dans l'Histoire, que l'humanité profonde, la dignité, la conformité au bien moral échappent au droit, à la légalité ! Il me semble ainsi que ce train m'emporte au procès d'un ogre et d'un monstre. Et qu'il est de mon devoir de t'y représenter, papa, ainsi que Gaston, Nicole, Berndt et les autres, ces ombres douloureuses, d'où qu'elles soient, parce que cet homme-là, qui tente de faire de son procès une mascarade, qui joue les pitoyables pitres, aucun des ennemis d'alors ne fut pire et beaucoup d'entre eux l'auraient haï de trahir toute dignité.

Alors on va voir si la dignité d'un prétoire qui a laissé un tel bourreau jouir d'encore des miettes de liberté, comme s'il avait en capitalisation indivise tout le temps, toute l'éternité volée à ceux qu'il

déporta, on va voir si cette dignité splendide d'her-
mine et de pourpre s'accorde du sens du macabre et
de l'humour. Le nom de l'accusé ? Je me souviens, à
peine, d'un écho brutal, comme d'une gifle
méprisante, et, et même cela je veux l'avoir oublié
demain, pour ne garder en mémoire, que ceux des
êtres qu'il déporta de la vie.

J'aurai demain aux yeux de grands cernes
soulignés de noir, aux joues un plâtras de faux
macchabée. J'essaierai, papa, d'être tous ceux-là
dont les rires ont fini dans des forêts de hêtres, des
taillis de bouleaux, là-bas, vers l'aube, et que tu ten-
tas de ressusciter. Je tâcherai aussi d'être toi qui n'as
jamais perdu la mémoire.

De mon mieux. Je ferai le clown de mon mieux.
Et peut-être ainsi je parviendrai à faire l'homme, au
nom de tous. Sans blâââgue !

ABOUT THE AUTHOR

꽃 Michel Quint was born in France in 1949. He wrote for the theater and for radio, before turning to thriller writing. In 1989, Michel Quint was awarded the Grand Prix de Littérature Policière for his novel *Billard à l'étage*. *In Our Strange Gardens* is based on his father's life story.

ABOUT THE TRANSLATOR

✳ Barbara Bray is a writer, critic, and theater director, who has translated works by Duras,
Flaubert, Genet, Sartre, and Stendhal, among others. A four-time recipient of the Scott-Moncrieff
Prize, she was also awarded the French-American
Foundation Prize and a P.E.N. Award for transla-
tion. She lives in Paris.